EF65

「RAIL WARS! A《エース》1」

東京駅は燃えているか！

著者：豊田巧

目次

AA01　グランドスラム　出発進行……P003
AA02　東京中央鉄道公安室・第七遊撃班　閉塞注意……P035
AA03　第七遊撃班の初仕事　場内進行……P075
AA04　大阪行き寝台急行銀河　制限解除……P143
AA05　任務を遂行せよ　定通……P201
AA06　國鉄大阪鉄道管理局庁舎へ　出発警戒……P235
AA07　それが俺達の第七遊撃班　場内停車……P287

イラストレーター：daito

ＡＡ０１　グランドスラム　出発進行

私、飯田奈々(いいだなな)は、國鉄横浜線橋本(はしもと)駅にいた。

ズドォォォォォォォォォォォォォォォォォォォォォォォォォォォォォォォォォォオォォォオン‼

突然の大爆発が起こって、私も五能さんも爆風で吹き飛ばされた。

「きゃぁぁぁぁぁぁ‼」

私は叫びながら駐車場のアスファルトを転がり、そのまま料金精算機と遮断機のある國鉄駅構内の駐車場出口付近まで一気に飛ばされた。

もちろん、爆弾コントでもやっているかのように、私の五メートル手前にうつ伏せに倒れ込んできた國鉄犯人の男も同じように吹き飛ばされて、犯人の頭の毛はアフロのようにチリチリになり、着ていた革ジャンは真っ黒こげになって裂け目も出来ていた。

私がハッと顔をあげた瞬間、五能さんは横にパシンとしゃがんだ状態で着地する。

運動神経抜群の五能さんは壮絶なガソリンの爆風をものともせず、まるで女子体操選手のような見事なバク転を決めてからしっかり着地していたのだ。

ワンボックスカーは炎をあげて赤々と燃え盛り、すぐに黒煙が上がりだす。

私はとりあえず立ち上がり、服についた砂をパンパンと払った。

メラメラと燃える炎は地面を伝って広がり、男の黒い車の下へ延びていく。

「どうする？　火事になったわよ」

余裕の表情で五能さんは、天井を走る細いパイプを見上げる。

「こういう施設には、必ずスプリンクラーが設置されている」

「スプリンクラーねぇ」

二人でジッと眺めていたが、放水口と思われる場所からは一滴の水も出てこない。

「ここって解体工事が始まっているから……」

「もしや……スプリンクラーを切っているのか？」

五能さんの右の眉毛がグッと上に上がる。

「きっと駐車場として使用するのが一階部分だけなら、スプリンクラーの設置義務はないから解体が始まった瞬間に切ったんじゃない？　経費削減大好きだから……」

「だったら消防を……」

だけど、やっぱり状況の変化は、いつもこちらの予想を超えていく。

五能さんが呟いた瞬間、燃えていたワンボックスカーが二度目の大爆発を起こした。

ズドォォォœ

僕はため息をついた。

男の車から放たれた炎は周囲に飛び火し、他の駐車車両に燃え移る。

車なんて簡単に「燃えないんじゃない」って思うかもしれないが、油を含んだ炎が表面に広がると塗装に引火して燃えだすのだ。そして次々に炎が上がっていく。

十秒もしないうちに、立体駐車場一階は炎の海になった。

その火の勢いは凄まじく、駐車場出口にジリジリと迫ってくる。

「ちょ、ちょっと……これはマズイんじゃない？」

さすがの私の額にも汗が垂れる。

「だっ、だが……こんな勢いの火は消せない……だろう」

「そっ、そうね……」

一台の車の爆発は、さらに次々と爆発を呼び込む。

火の勢いはさらに激しくなり、停めてあった全ての車が次々と炎に包まれる。

駐車場一階の各所で立て続けに爆発が起こり、コンクリートの柱に深刻な亀裂が走った時には、ビリビリと地震のような振動が起きた。

立体駐車場の天井からはパラパラとコンクリート片が落ち、建物全体からミシミシという音が響き出す。

ゆっくりと広がっていく破壊の連鎖が、この後どうなるのか私の脳裏に浮かぶ。

それはきっと、五能さんも同じだっただろう。

こういう時は言葉を交わさなくとも、鉄道公安隊員同士はなにをすべきか分かるものだ。

「飯田さん……」

「五能さん……」

私と顔を見合わせた五能さんはスッと頷き、五メートルくらいダッシュして駐車場の出口辺りで完全にのびている男の元に駆け寄る。

そして、クルリと回れ右をして瞬時にしゃがむと、五能さんが左、私が右の腕を掴む。

そのまま両足を引きずったまま、一目散に駐車場出口から外へ飛び出す。

その瞬間、ズドォォォォンという大爆発が起き、後ろから熱風に襲われる。

だが、私達はまったく振り返ることなく、とにかく急いで立体駐車場から離れた。

きっと、背後ではソドムのような光景が広がっていることは想像がつくので、私と五能さんはロト一家のように振り向くともなく一目散に走る。

全力疾走する私達の耳には、ドカンドカンという爆発音が幾度も響く。

ようやく私達が足を止めたのは、駐車場出口からは二百メートルくらい離れた場所だ。

同時に二人で振り返って見たのは、黒煙を上げて燃え上がる立体駐車場だった。

こういう事態になった原因は、三十分前のことにある……。

私は鉄道公安隊員を希望したわけじゃなく、最初は他の女子國鉄職員と一緒に駅にいた。

だけど、入社一年目に配属された戸塚《とつか》駅構内で、窃盗犯を十名くらい捕まえた。

それが良かったのか、それとも悪かったのかはわからないけど、

「飯田君は駅員じゃなくて、鉄道公安隊の方が向いているんじゃないか？」

と言いながら、戸塚駅の駅長は、私に辞令を手渡した。

そんなわけで、私は國鉄入社二年目に、鉄道公安隊・横浜鉄道公安室に配属されたのだ。

◇

そして、今日はパトロールの一環として、橋本駅まで出てきていた。

私は橋上《きょうじょう》駅である橋本駅の改札を出て、二階のデッキから駅前を見渡す。

「まだまだ、これからって感じなのねぇ～」

橋本駅前の開けた土地に、乱立する大量の杭打機を見ながらつぶやいた。

「國鉄リニアは甲府《こうふ》から東京までの部分開業でさえ、十年後くらいだからな」

横に立つ五能さんが、冷静に答える。

スッキリとしたショートカットの五能さんは、長袖の冬用鉄道公安隊の制服の上着に、スリット入りの膝丈スカートで、黒いパンストを穿いた足元には黒いブーツ。

腰には私と同じように帯革《たいかく》が巻かれており、そこには鉄道公安隊の標準装備である38口径リボルバーと伸縮式警棒、手錠が黒いホルスターに入れて吊られている。

実は私と同期入社で、犯罪者を駅で捕まえていた新入社員は一人じゃなかった。

川崎《かわさき》駅に駅員として配属されていた五能瞳《ひとみ》さんは、鬼神のような活躍で十数名の痴漢犯罪者を検挙していたのだ。

しかも、全ての痴漢犯罪者は「逃走しかけたので」と、もれなく病院送りにしたらしい。

おかげで川崎駅での「痴漢被害届0連続記録日」の新記録を作ったのだとか……。

もちろん、そんな特殊能力は、駅員に必要なわけはない。

「五能君の能力を活かすには、駅じゃなく鉄道公安隊の方がいいだろう」

と、ニコニコ笑いながら川崎駅長に辞令を手渡されたそうだ。

というわけで、五能さんも國鉄入社二年目に、私と同時に鉄道公安隊・横浜鉄道公安室に配属されてきたのだ。

そして、私達は同時期に鉄道公安隊・横浜鉄道公安室に異動してきたが、「同期で仲がよかったから」という理由じゃない。

ハッキリ言うと、私達はお互いのことを、まだ、あまり知らない。

いつもクールな五能さんは自分のことを話すことがほとんどない。

そんな五能さんと同様に私も自分のことを話さないので、果たして自分は「友達レベル」くらいになれているのかどうかさえもよく分からない。

こうして二人でいるのは「同時期に配属された新人同士」というだけ。

とりあえず、今は「ペアを組む同僚」であることは間違いないのだけれど……。

國鉄リニア橋本駅工事現場を見渡した私は、頭に「？」を浮かべて続ける。

「それにしても～駅前にこんな大きな土地が残っていたのね。橋本駅は……」

「それがリニアの停車駅を『橋本』に決定した最大の要因だ」

「土地が空いていたことが？」

五能さんはガコンガコンと音をたてる杭打機を見つめたまま頷く。

「もう一つの候補だった『相模原《さがみはら》』は駅前に繁華街が広がっていたり、米軍の補給基地があったりして土地問題が難航すると考えられた」

「そんなことになったら、すぐに地上げ屋が集まってきちゃうもんね」

今は土地の値段が毎年高騰する「バブル期」で、なにか大規模な開発計画がバレた瞬間、地上げ屋と呼ばれる反社会的勢力が集まってきて、土地の買い占め合戦が始まってしまう。

そうなれば一気に土地価格が高騰して、そこの土地利用を考えていた国や県、企業は、余計な金額を払うハメになり、開発予算が数倍に跳ね上がってしまうのだ。

「元々ここには畜産科や農業科がある高校があったそうだ。その高校さえ移転してしまえば、駅前にリニア駅用の土地が簡単に確保出来るからな」

「その高校はどうしたの？」

右手をスッと上げた五能さんは、少し遠くを指差す。

「なんでも駅から徒歩三十分以上の場所に移転したらしい」

「えぇ～その高校に通っていた学生さんはかわいそうねぇ。今まで駅前だったのにぃ～」

「だが、校舎は新設、敷地も数倍になって、装備も最新になったそうだ」

「それ……ダム建設なんかで、よくやるパターンよね」

「まっ、國鉄は『日本國有鉄道』なんだから、思考パターンはほぼ同じだな」

こうして、國鉄リニア橋本駅は絶賛建設中の中、線路を反対側へペデストリアンデッキを使って渡った先では、三階建ての立体駐車場の解体工事が始まっていた。

「どんな手段を使ってもいい！　今は國鉄の赤字を減らした者が良い国鉄マンだ！」

そう小海《こうみ》総裁が全国の事業所へ向けてＦＡＸの一斉送信を使って檄《げき》を飛ばしたことで、少しでも駅構内に余裕のあった全国の駅長は、駐車場を作りまくったのだ。

たぶん橋本駅長も御多分に漏れず、頑張っていることをアピールするために、リニア駅が決定する前に立体駐車場を建ててしまったのだろう。

「せっかく作った立派な立体駐車場を潰すなんて、本当にもったいない」

そう呟いたら、五能さんはグッと目だけを私へ向けた。

「國鉄は親方日の丸で予算は税金。採算なんて度外視だ」

「だからって、上の命令に対して、なんでも『イエスマン』っていうのもねぇ」

「そうじゃなきゃ……國鉄マン失格だろ」

「そりゃ～『國鉄を分割民営化しろ！』って議員も出てくるわね」

「まだ、あまり勢力は大きくないらしいがな」

最近の野党の若手に「國鉄を分割民営化しろ」と言い出す者が現れたが、与党には「うちの村に新幹線を！」とか「どんなに赤字でも廃線にはさせません」とか公約に掲げている鉄道族が多くいるので、そんな意見は少数派でしかなかった。

私はどうなるのかしっかり考えたことはないけれど、採算重視で鉄道を考えたら「儲からないから廃線します」となって全国のローカル線が消えてしまいそうな気がする。

國鉄を分割民営化したら、大変なことになるんじゃないの？

「飯田さん……」

五能さんが工事現場から目を離し、二階へ上がってきていたエスカレーターの出口を見る。

エスカレーターからはお客様が次々に吐き出されていた。

「そうねぇ～五能さん」

私には五能さんが誰を気にしたのか、話さなくても分かった。

Gパンに茶色い革のフライトジャケットを着た男は、私達の制服が鉄道公安隊のものだと分かった瞬間、スッと目をそらしたように見えたからだ。

私達鉄道公安隊を好意的に見てくれるのは子供くらいだから、目をそらすのは分かる。

だが、こういう行動を見かけると、やはり気になってしまう。

その時、その反社会的勢力のチンピラっぽい男は、持っていた細かい模様の入った紙袋を抱え上げ、胸の前で両腕で包み込むようにした。

五能さんが目をスッと細める。

「……逃げたな、アイツ」

「そうねぇ～そんな感じがするわねぇ」

男は足早で線路を跨ぐように渡された駅の通路を反対側へ向かって去って行く。

駅構内をたくさんの人が行き交っていたが、ほとんどの場合は「問題なし」で、気になるようなことは滅多にない。

だが、こういう者を見たら、鉄道公安隊である以上見過ごすことは出来ない。

「五能さん、バンかける？」

バンとは鉄道公安隊用語の隠語の一つで「職務質問」のことだ。

「そうだな……飯田さん」

五能さんはゆっくりと改札口方向へ歩いていく男の背中を鋭い目つきで追う。

「なにもないと、いいんだけどねぇ～」

「特にやましいことがない奴が、あんな動きをするわけがないだろ」

「それは先入観なんじゃな～い？　きっと、怖くなったのよ～。目つきの悪いショートカットの女性鉄道公安隊員に睨みつけられてぇ～」

「私は睨んでなどいない」

五能さんは横を向き、私をキッと睨みつけた。

見られるだけで怖いんだって……五能さんは。

「行くぞ、飯田さん」

すぐに歩き出した私達は、フライトジャケットの男から目を離さないように追跡を開始。

別に見つからないように尾行しているわけでなく声を掛けるのだから、追いつけるようにスピードを上げ小走りで追う。

基本的にはバンをかける時は、ニコニコと笑顔で声をかけるのが一般的。

犯人が「なにも悪いことしていませんよ」とヘラヘラごまかそうとしてくれた方がいい。

最初から「あなた、なにか悪いことやっているわよね？」と脅すように迫ると、犯人が逃走を始めたり、窮鼠《きゅうそ》と化して武器を取り出して反撃に転じることもあるからだ。

だから、極力好意的に接近することで、そうした行為が行われないようにするのだ。

「あの紙袋の中身は、なにかしらねぇ～？」

「それは聞いてみれば分かるさ、あの男にな」

五能さんはニヤリと笑いながら、伸縮式警棒の入っているホルスターのフタのボタンをパチンと外して右手をそこに沿わせた。

こうした動きは鉄道公安隊員の「臨戦態勢」と言っていい。

これは大変なことになるんじゃないのかなぁ～？

五能さんの噂を聞いたことがあるんだけど、痴漢は逮捕される前に「逃走した」とかで、仕方なく「追跡」「逮捕」を行っていたそうだ。

そのあまりの恐怖体験に、痴漢犯達の脳裏にトラウマとして埋め込まれ、「もう二度と痴漢などしません」と、病院のベッドの上で多くが改心したらしい。

同期の中でもズバ抜けて正義感の強い五能さんは、研修中でも目立つ存在だった。

「痴漢が身元を明かさず、逃走を図ろうとした場合は、どう対処すべきか？」

教官からそう聞かれた五能さんは一人だけ手を挙げて、

「一撃で二度と動けないようにします！」

と、伸縮式警棒を出しながら淀むことなく答えたのだから。

すでに五能さんは臨戦態勢に入っていた。

今までつまらなそうだった五能さんの頬は少し赤く染まっていて、これから起こることを楽しみにしているように見えた。

私達は歩幅をキッチリ揃えて、男の十メートル後ろからカツンカツンとショートブーツの踵を鳴らしながら、一気にスピードを上げて迫った。

男は國鉄改札口の自動券売機で切符を買おうとしたが、チラリと後ろを見た瞬間に私達がつけてきたことに気づいて動きを止めた。

そして、距離をとるように、國鉄の改札口の向こう側に広がるペデストリアンデッキの方へ向かって早足で逃走を開始した。

「これは決まりだな」

五能さんが嬉しそうに言う。

「まぁ、私達を見て『逃げ出した』のは確実ねぇ」

「では、しっかり話を聞かせてもらった方がよさそうだな」

だが、状況の変化は、いつもこちらの予測を超えていく。

一瞬振り向いた男は、大事そうに紙袋を抱えたまま一気に走り出したのだ。

「うわっ⁉　逃げ出したよ。えぇ～まだ声も掛けていないのにぃ～」

口を尖らせた私は、五能さんの鋭い目つきをチラリと見る。

「私の目つきは悪くない！」

そう言うと同時に、五能さんは間髪入れずにダッシュした。

ペデストリアンデッキには多くのお客様がおり、あの男がまだ具体的になにをしたわけでもないが、逃走を開始したので必然的に叫ぶことになる。

「そこの男！　待て‼」

だが、このセリフを聞いて、立ち止まった犯罪者なんて見たことない。

男は焦った顔で必死に逃走し出した。

走り出して二十メートルくらいで、すぐに私と五能さんは数メートルも開くことになる。

研修時代からそうだが、五能さんの身体能力は高くスポーツも天才的に上手い。

格闘戦においても女子はおろか、同期の男子でも体に触れられた者はおらず、教官でさえも打ち負かしてしまうような強さだ。

それに対して……私はそんなにスポーツは得意じゃない。

体力がないせいか、すぐに「はぁはぁはぁ」と息が上がってしまう。

一瞬、振り向いた五能さんは、私を見て叫ぶ。

「飯田さん、そんなんじゃ逃げられるぞっ」

少し考えた私は、走る速度をパタパタと落としていく。

「ごめ〜ん、五能さん。追跡よろしく〜」

私がニヒッと笑うと、五能さんはチッと舌打ちをしてスピードを上げた。

ペデストリアンデッキの上に立った私は、男が駆けおりていく階段と追跡する五能さんを指で追いながら、一つの予測を立てる。

頭の中で推理を組み立てた私は、男の狙いに気がついた。

「あぁ〜あの男は……それで逃走するつもりなのね」

そこで、私は改札口へ戻り、すぐ横にあった「関係者以外立ち入り禁止」と書かれた扉をバンと開いて中へ飛び込む。

こうした扉に暗証番号ロックとかしていないところが「國鉄」って感じ。

そこは二階建てビルの橋本駅の駅舎になっていて、中には多くの駅員がいたが、

「すみませ〜ん。犯人追跡のために、通してもらいま〜す」

と、笑顔で言ったら「ご苦労様です」と笑顔で挨拶してくれた。

こういう時、鉄道公安隊員の制服は、説明を省くことが出来て便利だ。

　ダダッと駅員室を通り抜けた私は廊下から階段へ飛び込み、そのまま二段飛ばしで一気に駆けおりて一階の駅員通用口へと走る。

　もちろん、通用口には警備員がいるが、出ていく人はノーチェック。

　勢いよく扉を開いて出た場所は、立体駐車場の一階でズラリと車が並んでいた。

　二階と三階では解体工事を行っていたが、ギリギリまで稼ごうとしているらしく、一階は時間貸しとしてまだ使用されており、車が多数駐車されていた。

　私は立体駐車場の一階中央を勢いよく走って行く。

　その時、五能さんの叫ぶ声が響き渡る。

「貴様！　逃げるな――――!!」

「やっぱり……車で逃走する気だったのねぇ」

　そう予測した私は、橋本駅舎内を抜けて駐車場出口に先回りしたのだ。

　立体駐車場内には他に逃走ルートはない。

　あとは男が車に乗る前に確保するか、こっちまで追い込んでくれればいいだけだ。

「これで五能さんと挟み撃ちねぇ」

　私が微笑んだ瞬間、ブゥゥンと爆発するようなエンジン音が聞こえる。

　五能さんは男を捕らえ損なったらしく、どうも車に乗り込まれたようだった。

なにやっているのかなぁ〜五能さん。

私は心の中で少し呆れた。

「飯田さん！　そいつの足を止めろ――――!!」

五能さんの叫び声がした方を見ると、五十メールぐらい向こうに停まっていた黒い二ドアのスポーツカーが、キュキュとタイヤを軋ませながら前へ飛び出し、私の立っている駐車場出口へ向かって勢いよく走ってきた。

「もう〜完全に窮鼠になっててんじゃない」

運転席には例の男が座っていて、必死の形相でハンドルにしがみついていた。

男の必死の表情から、こちらの言うことを聞かないであろうことは、すぐに分かる。

走っている人の足なら簡単に止められるが、スポーツカーではそうはいかない。

「はぁ〜ぁ。ちゃんと五能さんが確保してれば、こんなことをしなくてよかったのにぃ〜」

大きなため息をついた私は、腰のホルスターのボタンをパチンと外す。

「どうせムダだと思うけど……ルールだからねぇ」

と呟きつつ、研修で習った通りにやっておく。

「そこの車！　止まりなさ〜い!!」

車はあっという間に眼前に迫って来るので、多少手順が同時進行となる。

警告を発しながら、リボルバーを取り出して天井へ向けた。

「そうは言っても……止まるわけがないんだけどねぇ～」

時間もないので、とりあえずトリガーを一回引く。

ダァ――――ン!!

初弾は立体駐車場の一階の屋根に当たって、銃弾がキンと跳弾する。

これが徒歩で逃走していた犯人ならビビッて足を止めるかもしれないけど、車に乗っているると「自分は強くなった」と思うのか、検問でさえも突破しようと試みる者がいる。

車の鉄板なんて銃を撃つ方からすれば「紙みたいに薄い」のだが、なぜか日本の犯罪者は車にさえ乗っていれば強気だ。

男はブレーキを踏むどこか、反対にアクセルを踏み込んで加速をしてきた。

やっぱりダメよねぇ。

「警告射撃はしたからねぇ～」

私は銃口をピタリと男の顔へ向けた。

それは男にも分かったらしく、顔をダッシュボードの下へ隠して突っ込んでくる。

あれでちゃんと前が見えているのかしら？

他人のことながら心配になる。

私はスッと照準を右下へ移動させてトリガーを引く。

接近する車の中で必死に叫ぶ男の声が聞こえてきた。

「うぁぁぁぁぁぁ!!」

ダァーーーーン!!

同時にパンと大きな音がして、男が乗った車の左前方がガクリと落ちる。

私は車左前輪を撃ち抜いたのだった。

キィイイイインとブレーキ音が響きだし、突然真っ直ぐに走れなくなった車体がグラグラと揺れて、男は車を制御することが出来なくなる。

あっという間に撃たれたタイヤはバーストして、ホイールが地面について火花が散った。

突如暴れ出した車を立て直すべく右に左にカウンターを当てるが、こういう運転は雪道なんかで練習でもしておかない限り、簡単に会得することは出来ない。

完全に制御不能となった車は、私の十メートル前方で右へガクンと曲がり側面が見える。

「はい予測通り！　そのまま、そのまま……」

少し下方へ向けてリボルバーを構えたまま、私は立て続けにトリガーを引く。

ダァーーーン!!　ダァーーーン!!　ダァーーーン!!

私の放った弾丸は残っていた三つのタイヤを次々に撃ち抜いた。

男の身体をまったくかすめることなく、見事にタイヤだけを撃ち抜いた自分の射撃技術を自画自賛することにする。

さすが私、やる～。

これは研修中に行われた射撃訓練で分かったことだが、私は「筋がいい」らしいのだ。

全てのタイヤを一瞬でバーストさせられた車は摩擦によって走る力を失い、同時にコントロールさせる力も失う。

男がアクセルを踏もうが、ブレーキを踏もうが、そんなことは関係なく止まっていた白いワンボックスカーの後部に勢いよく突っ込んだ。

ガシャャャャャャャャン!!

ワンボックスカーのバックドアのガラスは粉々に砕け散り、黒い車のボンネットは天井へ向かって派手に吹き飛んで、エンジンルームからはボンと白煙が上がる。

男の車のフロント部分は、衝突によって少しジャバラ状になって潰れていた。

突如停車することになった車のエンジンからはカンカンと鉄の焼ける音が聞こえ、吹きだしたラジエター液があっちこっちにかかってシューシューと音をたてる。

銃口に唇を近づけた私は、細くたなびいていた白い硝煙をフッと吹き飛ばす。

「だから～『止まりなさ～い』って言ったのにぃ～」

残弾が一発となったリボルバーを、西部劇のガンマンのようにクルクルと回してから、開いていた右の黒いホルスターにストンと入れる。

運転席では男はハンドルに突っ伏しており、その下で枕のように白いエアバッグが広がっていた。

ただ、エアバックだけでは、運転手を事故から救うことは出来ない。

「車を発進させる時は、必ずシートベルトしないとダメよ～」

車に近寄った私は、周囲に漂いだした臭いをクンクンと嗅ぐ。

これって……ガソリンの臭い。

男の車は車体前方だから問題なかったが、ワンボックスカーの後部に突っ込んだために、どうも燃料タンクのどこかを破損したようだった。

そこへ五能さんが飛ぶようにして駆けつけてくる。

「飯田さん‼　どうして犯人を撃ったんだ⁉」

私はニコリと笑って、ゴムがなくなってしまった四つタイヤを指差す。

「人は撃ってないわよ。撃ったのはタイヤだけよ」

「タッ、タイヤだと⁉」

五能さんはそこで初めて、私がタイヤだけを正確に撃ち抜いたことを知ったようだった。

私はスポーツカーの運転席の横に立って、黒いドアノブに手をかけた。

「きっと、大したケガじゃないわよ～。あんな速度だったんだから」

ガチャリと運転席側のドアを開くと、鼻血を出していた男は恨めしそうな顔で、私を下からギロリと見上げる。

「なっ……なんてことしやがる」

「ほらねぇ～。割と元気そうよ」

意識を失ってはいなかったが、すぐに立ち上がれそうでもなかった。

そこで五能さんは助手席側に回って、ドアノブを引いてドアを開く。

「おい、さっき持っていた荷物を見せろ」

男は助手席にあった紙袋を指差す。

「そこにある。俺がなにしたってんだっ」

立ち直りつつあった男が、不機嫌そうに呟く。

「これかっ」

五能さんが紙袋を摑んだ瞬間、私はニヤリと笑う。

「あぁ～それ、この男が抱えていた紙袋じゃないわよ～」

「なっ、なに⁉」

キッと目を細めて五能が振り返ると、男はバツが悪そうにチッと舌打ちして向こうを見た。

「同じような紙袋に見えるけど、それ……さっきの紙袋と柄が少し違うから」

「そっ、そうなのか？」

「聞いてみれば～その人に～」

五能さんは上から見下ろして、低い声で強烈なプレッシャーを男にかける。

「おいっ、持っていた紙袋はどこにある？」

こういう力も「カリスマ」と言うのだろうか。五能さんからの圧力を跳ね返せる者は、きっと少ないだろう。

ゴクリとツバを飲み込んだ男は、助手席の下を震える右の人差し指で指した。

「そっ……そこにある」

「では、調べさせてもらうぞ」

五能さんは助手席の下からグシャグシャになっていた紙袋を引っ張り出し、中に入っていた包みの新聞紙をビリビリと破いていく。

割と大きな包みは長さ三十センチほどあり、十センチ四方の直方体だった。

それが紙袋の中に、三つも入っていたのだ。

中からは茶色の細かく砕かれたタバコのような物が大量に出てきた。

「おい！　これはなんだ⁉」

五能さんに気圧されていた男は、すでに完全に堕ちているようだった。

ただ奥歯を噛み、悔しそうな顔で黙っている男に笑いかける。

「もう、こうなったら素直に吐いた方がいいんじゃな〜い？」

口を尖らせた男は渋々自白した。

「たっ……大麻だよっ」

「やはり大麻かっ！」

五能さんは「ほら、私の勘が当たった」って感じのドヤ顔をした後に、少し躊躇していたので、私は右手を前に出して「どうぞどうぞ」と譲った。

こういった場合、手錠を打った者が、犯人を逮捕したことになる。

「私、そんなに手柄あげたくないからぁ〜」

五能さんは拍子抜けしたような顔をする。

「そっ、そうなのか？　変わった奴だな」

鉄道公安隊員は「どれくらい星をあげたか？」で評価されるので、誰もが犯人の手に手錠を打つことに必死に努力するけど、私はあまりそこには興味がない。

仕事にやりがいを感じられるのはいい事だと思うけど、人間的っていうか、女性としての幸せを追求する方も大事だと思うのよねぇ。

五能は帯革に吊ってあった黒のホルスターから、動輪《どうりん》マークの入った銀に輝くピカピカの手錠を右手で取り出して、左手でグッタリしている男の右手を持つ。

私は左手首を裏返して、小さな丸い文字盤の腕時計を見つめる。

「五能さん、14時35分よ」

「14時35分、大麻取締法違反の疑いで現行犯逮捕する」

手首の下から手錠を差し入れた五能さんは、フタを閉じるように手錠の可動部を上からかけてガリガリとロックし、さらにもう一方の手首に輪をはめた。

五能さんは男を逮捕して意気揚々だけど、私の脳裏には心配ごとが浮かんでいた。

「でも、どうすんの～五能さん。麻薬なんて発見しちゃって～。しかも……こんな大量に」

私が不満気に言ったのが、五能さんは気に食わなかったらしく分かりやすく顔をブスッとさせてフンッと鼻から息を抜く。

「國鉄を使って麻薬を運ぼうとしていた犯罪者を捕まえて、なにが悪い?」

「鉄道公安隊に『麻薬担当部署』なんてないでしょう?」

そんなことは五能さんだって知っている。

「仕方ないだろう。怪しい奴にバンをかけたら、たまたま『麻薬の売人』だったんだから」

「おっ、俺は売人じゃねぇ！　はっ、運び屋だ」

麻薬の不法所持で初犯なら執行猶予がつくが、売人につくことはない。

だから、大量所持の犯人は、大抵こういう言い訳をする。

「今さら往生際が悪いぞ、薬の売人がっ」

五能さんがギロリと睨みつけたら、男はゴクリとツバを飲み込み黙った。

「そういう言い訳は、取り調べ室で好きなだけ言ってね。私達はあなたを関係部署に引き渡すだけで、ここでなにを言っても意味はないから〜」

そう男に言った私は、首の後ろに両手を組んで続ける。

「でもさぁ。きっと、橋本近辺に麻薬取締官なんていないだろうし、相模原の駅周辺を管轄している警察署に連絡すればいいのかなぁ？」

大麻のガッツリ入った紙袋を抱えていた五能さんは、ツカツカと車を回り込むように歩いてきて、私の前に立つ。

五能さんはかなり背が高いので、私を見下ろす感じになる。

「なんだ？　その言い草は……」

鋭い目を一瞬だけ見たが、すぐため息混じりに横を向く。

「別に～。なんか色々と処理が面倒なことになったぁ～と思って」

五能さんがギリッと歯を鳴らす。

「あのなぁ。処理が面倒だからと、犯罪を見逃していいのか⁉」

「別にそんなこと言ってないけどぉ～」

「じゃあ、なにが言いたい！」

怒ったらしい五能さんは、覆いかぶさるように迫って来る。

「私はタダ『麻薬所持の犯人ってどう処理すればいいのかなぁ』って言っただけよ」

いつも通りニコニコと私は話しているのに、なぜか五能さんは怖い顔だった。

というか、いつも怖い顔なのだが、それが一段と迫力を増している。

「要するに、そういうことだろ！」

こっちはそんなつもりで言ったんじゃないのに、突っかかられるのは正直ウザイ。

小さなため息をついた私は、右手で頭を二、三度かいた。

「あぁ～もう分かんないかなぁ。そういう意味じゃなくてさぁ」

「じゃあ、どういう意味だ。ハッキリ言え」

私達が男の処理について揉め出した時だった。

車の方からカチンって音がした。

『うん？』

二人でピッタリタイミングを合わせたように振り向くと、男が右手に持っていたオイルライターのフタを開いていた。

手錠をしているのにも関わらず、そんな手を器用に使って、上着のポケットからタバコとライターを取り出したようだった。

「俺はどうすりゃいいんすかね？」

ドアを開いた状態で運転席に座っていた男は、口元にタバコをくわえて微笑んだ。

なにやってんの～～～!?

ヒィィと体を引いた私は、そのまま車から離れるように後ろへジャンプする。

五能さんも私と同じ考えにたどり着いたらしく、紙袋を抱えたままで車から逃げるようにして、全速力でダッシュを開始していた。

その瞬間、男はシュッとフリント・ホイールを右の親指で回して火花を散らせた。

飛んだ火花がチムニーの中に散り、ボッとオレンジの炎が上がる！

ズドォォォォォォォォォォォォォォォォォォォォォォォォォォォォォォォォォォン!!

そう、これが大爆発に繋がったのだ。

やはり、男の車が後部から勢いよく突っこんだことで、ワンボックスカーの燃料タンクが破損して、床下にガソリンが漏れ出していたのだろう。

それが気化して立体駐車場内に充満していたのだ。

そんなところでオイルライターなんてものを使用すれば、爆発するに決まっている。

燃え上がる駐車場を二人で見上げながら、私達は地面に倒れ込んでいる犯人を見つめる。

「このバカはガソリンの臭いが、分からなかったのか？」

爆発で飛ばされ脳震とうを起こしたらしい男は、倒れたまま全身をピクピクさせていた。

「きっと大麻なんてやっているから、鼻がダメになってんじゃな～い？」

私は自分の鼻を指差す。

「確かに……大麻の吸引を続けると、嗅覚障害も起こすと言われているな」

周囲から橋本駅へ向かってきている、大量のサイレン音が聞こえてきた。

「これ～どこへ連絡すればいいんだろう？」

五能さんは前を見たまま、いつもと同じように冷静な口調で答える。

「まずは消防署だろうな」

「それはもう誰か連絡してくれているんじゃない？」

「だったら、次は警察だな」

「でも駅構内だから、これ……鉄道公安隊のナワバリよ」

「確かに……そうだな」

そんな私達が見つめている前で、立体駐車場は爆破解体される建物のようにゴォォォォと地響きをたてながら、黒い煙の中へ見事に崩れ落ちていった。

AA02　東京中央鉄道公安室・第七遊撃班　閉塞注意

更衣室で着替え終わった俺が、廊下から事務所へ顔を出した瞬間、東京中央鉄道公安室・第二捜査班の岩徳《がんとく》班長はすっと見つめる。

すでに事務室には本社から放送されている小海総裁のスピーチが響き渡っていた。

全員立ってスピーチを聞いているので、俺もタタッと自分の席へ移動して「気をつけ」の姿勢をとる。

「境《さかい》、スピーチの開始に間に合うように、ちゃんと来いよ」

「すみません。でも、まだ……始業時間前ですよね？」

「そういう問題じゃないんだよ。國鉄において総裁のお言葉は、神のお言葉と同じだから。『この時間に来い』と言われれば、我々はそうするしかないんだよっ」

「俺、そういうのから、基本は『逃げる』のを信条としているんで」

「國鉄ではな、時に『逃げられない』試練がやってくるんだ」

「いかにも……國鉄って感じですね」

俺は少し投げやりに言ったが、岩徳班長は微笑む。

「これこそ國鉄ってことだ」

毎週月曜の朝、始業前に小海総裁が全国の國鉄職員に向けてスピーチを行っているのだ。

《國鉄と言えども！　これからは民間企業と同じ意識を持たなくては、いつの日か政治家どもの道具になって！ 『分割民営化』されるかもしれないのだ。だから、諸君らの立っている場所は、常に板一枚の下が『海だと思って』職務に励んでもらいたい。我々は過去の國鉄が行ったことのない『異次元の改革』を断行するのだ！ 以上だ》

そこで壁に掛けられていたスピーカーからは、プツンと大きな音がした。

國鉄本社から電話回線を通じて行われた全国一斉放送が終わったのだ。

どうも、俺が聞き始めたのは、スピーチの後半だったらしい。

東京中央鉄道公安室で一番偉い、成田《なりた》室長が振り向き全鉄道公安隊員に言う。

「よしっ、解散！ 各自仕事にかかってくれ」

整列していた七十名ほどの鉄道公安隊員が一斉に動き出し、静かだった室内がザワザワとしだして各所で雑談が始まる。

もちろん、業務上の打ち合わせもあるが、だいたいの会話は「昨日のトレンディドラマ見たか？」だの「六本木《ろっぽんぎ》に大きなディスコが出来て、すげぇ数のジュリ扇だった」だの「彼女が髪型をワンレンからソバージュにした」という、本当にたわいもない話。

俺達のような國鉄職員にはあまり関係ないが、日本は現在「バブル景気」……らしい。

そんなものがどこで起きているのかは知らないが、株を売り買いしている奴が異様にモテたり、テレビ局や広告に関わる連中が「時代の寵児」とテレビに出演している。

各社の給料とボーナスの上昇率に合わせて、都内の地価が天井知らずの急騰をしている中、国が金額を決める公務員給料は対応が悪く、俺達は世間の底辺層ってことになっていた。

「公務員なんてつまんなそ〜だし。お金なさそう〜」

國鉄職員が他社との合コンへ行けば、そんなことを言われるので転職する奴も増えた。

バブルな風潮は年々狂乱の様相を呈していて、このままでは日本は少しラテン化して「常にどんちゃん騒ぎをしているような国になるのだろうか」と俺は思ってしまう。

「バブルなんだから、いつかこの経済は弾けるぞ」

と、テレビではエセ経済学者がいつも言っているが、株価も地価も留まることを知らず上がり続けており、こんな勢いのある状態が崩壊するなんて、日本国民は誰一人思っていない。

「まぁ、俺には関係ないけどな」

自分の所属部署の「第二捜査班」の机へ向かおうとすると、成田室長がギロリと俺を見る。

成田室長は四十代に入ったばかりだが、出世としては遅い方。

ちなみに室長といえば普通の会社なら部長クラスで、軍隊なら中隊長といったところ。

なので、岩徳班長は会社でいえば係長といった立ち位置になる。

成田室長は「俺は現場でいいんだ」と、長い間本社への異動を断り続けた結果らしい。

まだ、顔にあまりシワはないが、笑う時に、線で描いたような目の目尻には、ニワトリの足あとのようなシワがクッキリ浮かび上がる。

　本社へ行く時以外は、鉄道公安隊の制服を着ていることはなく、いつも白いワイシャツに黒いネクタイをしめ、下には紺のカーゴパンツを穿いている。

　そして、東京中央公安室内では、ロックンローラーのような丈の短い黒の革ジャンに袖を通さずに羽織り、いつもサンダルをパタパタ鳴らしながら歩き回っている。

　ちなみにこの革ジャンは私物ではなく「機関士用寒冷地制服」の一種だそうだ。

　どこで、そんな装備を勝手に作っているんだ？

　それにさすが「現場主義」の成田室長だけあって、あまり室長室にこもることはなく、いつも一階にいて、鉄道公安隊員らに「どうだ？」と声をかけているような人だ。

　だから、話す時も緊張することはなく「話せば分かる、いいおやっさん」って感じだ。

　そんな成田室長が、ジッと俺の動きを目で追いかけている。

……週の最初から嫌な予感しかしない。

　とてつもなく嫌な感じがしたのは、成田室長の横には第二捜査班班長の岩徳班長がいて、なにやら二人の間で約束がまとまったらしく、フムフムと頷き合っていたからだ。

　そろそろ三十歳になる岩徳班長は現場叩き上げの捜査畑一筋の人で、

「俺達が一人でも犯人を捕まれば、お客さんが安心して國鉄を利用出来るからな」

と、いつも言っているような人だ。

基本は「長い物には巻かれた方がいい」というところがあって、国鉄マンには向いている。

それに暴走族のヘッドのような、地頭がよくて要領よく立ち回れる面倒見のいい上官といった雰囲気で、独身なこともあって女性隊員からの受けもいい。

俺は成田室長の目線から逃げるように机へ足早に向かったが、岩徳班長がニコリと爽やかに微笑みながら右手を左右に振る。

「お～い、境大輔《だいすけ》」

出た……岩徳班長がフルネームで人を呼ぶ時は、たいていロクなことじゃない。

仕方なく振り向く。

「なんです？　岩徳班長」

サンダルをパタパタと鳴らしながら歩いていく成田室長の背中を、岩徳班長が指差す。

「境君にお願いしたいことがあるんだとよ……成田室長が」

「お願いしたいこと？」

スッと立ち止まった成田室長は、少し首を後ろへ向けて右手で天井を指差す。

「ここじゃなんだからよ。すまねぇが上へ来てくれ」

成田室長は墨田《すみだ》区の生まれらしく、こうしたべらんめぇ口調でしゃべる。

東京中央公安室の二階と言えば、基本的には「室長室」しかない。

國鉄入社三年目。鉄道公安隊二年目で二十一歳の俺に、断る権利などあるわけもない。

「了解しました！」

俺が元気よく返事して歩き出すと、成田室長も再び動きだす。

ズラリと並ぶグレーの事務机の間を通り抜け、奥の壁にある二階へ続く細い階段をのぼる。

一人分の幅しかない階段なので、俺は成田室長の後ろに付いて歩いた。

どんな任務を命令されるのか？

一歩一歩階段を踏みしめる俺の心には、少し不安が漂い始めていた。

俺だって絶対に倒産することのない、親方日の丸の國鉄に入社した人間だ。

鉄道公安隊員だからといっても、同じ給料で危ない仕事はしたくない。

それに……みんなは出世したいだろうが、俺にはそういった思いがなかった。

一人身の俺としては鉄道公安隊員として迷惑を掛けない自信はあるが、変に責任者となって部署を守るような立場になるのは、ゴメンこうむりたいと思っている。

それは丸二年勤めて……「俺は向いていない」って痛感したからだ。

ポケットに手を突っ込んだままの成田室長は、階段をのぼり終え廊下を歩きだす。

二階の短い廊下には曇りガラスの入った扉が一つあり、真ん中に貼られた白地のプレートには「室長室」と黒字で書かれていた。

このプレートもいつ書かれたものなのか、想像もつかないくらい古い感じだ。

成田室長がガチャリと扉を開いて、中へ入りそのまま開けっ放しにする。

俺は廊下から室長室へ入る瞬間、一応、足を揃えてパシンと鳴らす。

「成田室長、第二捜査班、境大輔入ります！」

自分のデスクへ向かって歩きながら、成田室長は振り返ることもなく「おう」と応えた。

室長室の大きさは十畳程度。

なん代目の室長のせいかは分からないが、壁はタバコのヤニで薄く茶色に染まっている。

その壁には東京中央公安室が管轄する広大なエリアマップと一緒に、全国津々浦々まで毛細血管のように広がっている國鉄の路線図が吊られていた。

國鉄は総延長約二万キロを誇る、日本最大の鉄道会社だ。

創設以来、今まで廃線を行ったことはなく、人口減少で利用者が減りつつある地方においても新規のローカル線建設を続けていた。

最近では日本中に新幹線網を形成し、十年後の開業を目指して國鉄リニアまで建設し始めているが、平行することになる在来線でさえ全て運営し続けているのだ。

職員数は地方都市並みの約四十万人を数え、寝台特急や特急列車の増発を続け、長大な編成に乗客が数人しか乗っていなくとも、定刻通りに列車は駅を発車した。

もちろん、そんなことをしていて、経営が成り立つわけがない。

あっという間に負債が積み上がり、國鉄の累計赤字は二十兆円を超えるまでに至った。

その原因は巨大な組織のために起こる、部署同士の縄張り争いにある。

寝台列車、特急列車、各ローカル線、線路建設などの各部署などが、儲からないとは分かっていても、廃止や廃線になってしまっては発言力が低下してしまうので必死に抵抗する。

加えて、國鉄は所詮お役所だから、与えられた予算は毎年必ず使いきらなくてはいけない。

そんな事情でまともな経営が出来るわけがないだろう。

高校野球の優勝旗のような、巨大な鉄道公安隊の隊旗が差してある三角スタンドの脇を通って、奥にデンと構えている頑丈そうなデスクを前に、成田室長がゆっくりとイスに座る。

成田室長のバックには墨字で「強く　正しく　親切に」という、鉄道公安隊のスローガンが書かれた長方形の額が掲げられていた。

部屋の手前には茶革の応接セットが置かれているが、そこには黒いスーツ姿の男が一人座っていた。

誰だ？　東京中央公安室では見かけない顔だ。

男の年齢は二十代中盤か後半で、首には紺のネクタイをキッチリしめ、短く整えられた黒髪を七三分けにした黒縁眼鏡の似合う真面目そうな人だった。

横を通り抜けようとすると、その人は足を揃えたまま軽く会釈する。

特に説明はないので、そのまま成田室長のデスク前まで歩いていく。

そして、俺達下っ端隊員は室長室に呼ばれて、イスに座ることなど決してない。いつも通りデスクの前に立ち「休め」の姿勢をとる。

「ご用件はなんでしょうか？」

成田室長は両肘をデスクの上におく。

「おめぇ、ここへ来てなん年になる？」

俺はソファにいる人の事を少し気にしつつ答える。

「まっ、まだ一年です」

「そうか、一年も経つか」

成田室長がニヤリと笑って続ける。

「じゃあ、そろそろ『独り立ち』って時期だな」

やはり、俺が感じていた嫌な予感が当たっていたようだ。

なにかは分からないが、俺になんらかの「責任」を押し付けようとしているのに違いない。

俺は「……はぁ」とやる気なく返事する。

「國鉄入社して丸三年。鉄道公安隊に来て、たったの一年です。そんな者が簡単に『独り立ち』出来るとは思えませんが」

「なに言ってやがる。お前はいつまでも岩徳の後ろをピーピーついていく気かぁ？」

「いえ、それは……その……。いつまでもとは言いませんが……」

「だろ～ひな鳥ってもんは、いつかは親鳥から離れて巣立つもんだ」

「はぁ……今一つ意味が分かりませんが」

「まぁ、前口上はこれくらいでいいだろう。俺もゴチャゴチャした説明は苦手だからよ」

デスクから両肘を離して、イスの背もたれにガチャンと背中をあてて続ける。

「単刀直入に言おう。今度、うちの部署内に『第七遊撃班』が創設される」

「……東京中央公安室内に新設の部署……ですか？」

成田室長は「そうだ」と頷く。

「なんで突然『第七』なんです？」

「うちには第一捜査班、第二捜査班、第三警備班までしかねぇが。なんか誰かが『縁起のいい番号の方がいいだろう』とか言いだしてよ。そうなったらしいぜ」

自分の部署のことなのに、まるで他人ごとのように成田室長は笑った。

「どういう班なんですか？　その遊撃班というのは……」

「おっ、いいねぇ。興味が出てきたなぁ、境」

「そっ、そういうわけでは……」

引き出しを開いた成田室長は、ペラリと一枚の書類を取り出して右手に持ち読みだす。

「えぇ～とだな。全国の國鉄管轄内において発生する、ありとあらゆる事件に機動的に素早く展開し、迅速に事態の収拾を図る班とする」

もちろん、俺はまたしても「はぁ？」と首をひねるしかない。

「なんですか？　その摑みどころのない部署は」

俺がそう言うと、成田室長は「ほぉ～」と冷静に呟く。

「さすが……境。おめぇは勇者だな」

「勇者？」

「こちらの部署の創設命令は、かの小海総裁からの勅命によるものだぞ」

「また、神様からの……ご命令ですか？」

俺は小さく「ふぅ」とため息をつく。

「そういうこった」

数十万の國鉄職員の頂点に立つのが國鉄総裁であり、いうなれば神様だ。

さっきのように毎週月曜日の朝に全国放送で声を聞くことはあるが、小海総裁を見たのは入社式の時に豆粒のような姿だけで、俺は会ったことも話したこともない。目の前に國鉄本社はあっても、小海総裁がここへ来たこともなかった。

國鉄の累計赤字は二十兆円を超えている。

そんな経営状態に国民は怒り「税金の無駄使いだ!」と声をあげだし、「国家が運営するから問題なのだろう。分割民営化してはどうか?」と、言い出す野党議員や経済学者が現れるようになった。

そんな世情を反映して、今まで「國鉄をおらが町に!」とか叫んでいた線路族議員が、選挙で落選する者も出てきて、国会内にもおける國鉄に対する風が変わりだした。

普段は血で血を洗う内部抗争を演じている國鉄の各派閥だが、こうした「存亡の危機」に直面すると、途端にまとまるところも、実にお役所的だ。

そこで、各派閥との協調歩調をまったくとらず、本部長時代からワンマンで思い切った辣腕をふるって、莫大な成果をあげていた「小海 巌《いわお》」を、突如総裁に擁立した。

しかも、いつもは派閥人事で調整が難航するのに、その時の國鉄総裁選任会議では、國鉄創設以来初めて「全会一致」をみたと聞く。

年功序列を最重視する國鉄において、小海総裁は「十三人抜き」と呼ばれる人事だったそうだから、かなりの思い切った人事だし、それだけ焦っていたということだろう。

就任した瞬間、小海総裁は全國鉄職員に向かって、

「今から私は！　誰も見たことのない、異次元レベルでの改革を断行する‼」

と、力強く訓示したのだ。

そこで成田室長がグッと前のめりになる。

「それでだ……境」

「なんですか？」

俺がボンヤリしていると、一気に畳み込んでくる。

「おめぇに、この部署の責任者をやってもらおうと思ってな……」

成田室長はビックリ箱を子供へ向けて開けるお父さんのような表情で言った。

嫌な予感が的中した俺はグッと奥歯を噛んだ。

「東京中央公安室・第七遊撃班の責任者を……俺に……ですか」

成田室長は「今度の忘年会の幹事はお前だ」くらいの気楽な感じで言っているが、大変なことを俺に押し付けようとしているのではないだろうか。

そもそも、現在の組織において「遊撃」なんて班はない。

鉄道公安隊の業務において「捜査」と「警備」が二本柱で、どちらかの部署に入って順番に出世していくのが普通だ。

つまり「遊撃班」なんてものは実験的部署であり、長く続ける気などサラサラないのだろう。

もうすでに「俺は言い終わった」とでもいった雰囲気の成田室長は、背もたれに背中をつけてリラックスしており、右耳に小指を突っこんでいる。

「國鉄入社三年目で責任者たぁ～大抜擢だな、境」

俺と成田室長の温度差は、炎と氷くらいある。

「大抜擢されるような手柄なんて……俺、立てていませんよ」

「國鉄本社人事部ってぇところは、見ていねぇようで、ちゃんと見てくれてんだろうなぁ」

「どうして俺なんでしょうか？」

成田室長は不満そうに、右の眉毛をピクリと上げる。

「なんだ？　あんまり嬉しそうじゃねぇな」

「正直……嬉しくはありません」

自分の気持ちを正直に言った。

俺は鉄道公安隊に不満があって、いつもやる気なく命令拒否をしているわけじゃない。

だが、この「責任者になる」ということだけは、簡単に「はい」とは言えなかったのだ。

冷静な顔で成田室長が、下から俺を見上げる。

「誰だっていつかは責任者になるんだからよっ」

俺は考え込むように、右手を口元にあてながらうつむく。

「そうかもしれません。ですが、鉄道公安隊二年目の……しかも俺がやることでしょうか？」

その時、成田室長は、細い目をさらに細めて呟く。

「おめぇ〜まだ気にしてんのか？ ここへ来る前にあったことを」

そう言われた瞬間、俺の心臓はドクンと高鳴った。

その読みはまったく間違っていなかったからだ。

「いえ……そんなことは……」

俺は成田室長にウソを言って目を反らした。

責任者として、俺はやれるだろうか？

少し考えただけでも体が震えてくる。

遊撃などとなれば、きっと、各部署では対処しきれないような難しい案件を、次々と捌いていくことになるに違いない。

それらを適切に処理して……責任者として部下を統率指揮出来るのか……いや……。

一瞬、脳裏に昔の記憶がフラッシュバックする。

部下の命を守り切れるのか……俺に。


それが鉄道公安隊の部署の責任者に問われる、最も重要な要素だろう。

俺はそう思っている。

だから、軽々しく責任者にはなれなかったのだ。

深慮していた俺が黙っていると、成田室長はじっと俺を見つめてからフッと息をはく。

「まぁ、いいじゃねぇか」

「まぁいい？」

成田室長は静かに頷く。

「お前が責任者をやりたくねぇ理由はよく分からねぇが。ここはツベコベ言ってねぇで、額に手を当てて『了解しました』って言え、境」

ニヤリと笑った成田室長は、コツコツと自分の右手を額にあてる。

「俺、責任者として――」

スッと真面目な顔になって、成田室長は俺の言葉を遮る。

「おめぇ、神さんに逆らう覚悟が、ちゃんと出来てんだろうなぁ？」

その言葉に俺は気圧される。

「どっ、どういうことですか？」

成田室長はさっき読んでいた書類をこちらへパラッと向ける。

そして、部署の設立理由の下に書かれていた三行の一番上の文字を読む。

「現、東京中央公安室・第二捜査班に所属する『境大輔』を責任者とす」

「そんなことまで命令書に書かれているのですか？」

その瞬間、ソファの方から、ラジオパーソナリティのようないい声が響く。

「小海総裁から直々の命令なのです。この遊撃班を創設することは……」

振り返ると、ソファにいた男が立ち上がっており、爽やかな笑顔を見せていた。

「あっ、あの〜」

俺が戸惑っていると、男が会釈して自己紹介をする。

「私は総裁直轄の國鉄改革戦略部長をしている『吾妻《あづま》　徹《とおる》』と申します」

「吾妻部長は七年前に入社したエリート國鉄官僚で、入社試験はトップの成績。同期内でも最速で出世していて、現在は小海総裁が最も信頼しておられる方だ」

成田室長がサラリともの凄い経歴を紹介してくれた。

國鉄官僚とは司法試験並みに狭き門と言われている「国家公務員採用総合職試験」をパスして國鉄に入社してきたエリートで、よく言われる「キャリア組」という奴だ。

同期で入社しても俺達とは出世スピードがまったく違い、三十歳までには國鉄本社の大きな役職に任命される。

もちろん、その数は少なく、國鉄の将来の中枢部を占める人材となる。

「いや〜それは言い過ぎですよ、成田室長」

優しい笑顔で颯爽と歩いてきた吾妻部長は、俺の前に立った。

近くで見ると顔は爽やかなイケメンでスラリと背が高く、百八十センチはありそうだった。

おかげで身長百六十五センチの俺とは十五センチ以上も差が出来て、上から見下ろされるような形になった。

低い身長に少しコンプレックスのある俺はグッと奥歯を噛む。

「小海総裁もご存じです。境君の活躍は」

「小海総裁が？」

少し驚いた俺に、吾妻部長はゆっくりと頷く。

「ええ、ちゃんと人事部の記録を精査し経歴を把握した上で『是非、境君にお願いしたい』

とおっしゃられまして……」

「だから言っただろう。この部署の創設とそれに伴うメンバーの選出は、小海総裁からの直々の命令ってことよ。この命令は断れるもんじゃねぇ～んだって」

成田室長が「諦めろ」といった口調で言うと、爽やかな笑顔で吾妻部長が右手を差し出す。

「引き受けてください。境君。今回は責任者のこと」

それを握ったら「了解」したと思われるので、俺は出された手を見つめるだけで握り返そうとはしなかった。

「いっ……いきなり、そう言われても……なっ」

そこで、成田室長が首の後ろに両手を組む。

「じゃあ、おめぇは國鉄を辞めるのか～境」

「やっ、辞める?」

突然の展開に、俺は少し驚いた。

「そりゃそうだろう。神さんに逆らったら、雷に打たれるのが神話のオチってもんよ」

そうか、責任者にならないんだったら、國鉄を退職しなくちゃいけないのか……。

ボンヤリしていたら、吾妻部長が俺の右手をとって握手した。

「まぁ、そんな心配しないでください、境君」

「心配すんなって……言われましても……俺。その……自信が……」

「きっと、境君なら、うまくやれます。私が保証しますよ」

優しく笑いかけてくれる吾妻部長の後ろで、成田室長は気楽な顔で笑っている。

「これは、おめぇにとっては大チャンスなんだぞ、境」

「なにがチャンスなんですか？」

「とりあえずは小海総裁に覚えめでたく、少なくとも期待していらっしゃるわけだ。ここで上手くやりゃ～出世は思いのままだろうよ。もしかすりゃ～新たに創設させる部隊の隊長ってこともあるかもしれねぇし、國鉄本社の重要部署って目もあるだろう」

成田室長はピラピラと書類を振って見せると、吾妻部長も頷く。

「その通りです。成田室長」

「そっ、それはそうかもしれませんけど……」

にこやかな笑顔の二人に見つめられた俺は、奥歯を噛みながら心の中で大きなため息をついた。

責任者を引き受けるか、退職するかと言われれば……答えは決まってしまう。

やっと入った超安定会社の國鉄を辞めるなんて選択肢は、今の俺にはサラサラない。

この辞令は「断れない」のだから、ここは挑むしかないってことだ。

岩徳班長の言葉じゃないが、これが「國鉄の逃げられない試練」って奴か？

苦労や苦痛から「逃げ出す」ことを信条としている俺としては、耐え難い状況だが。

まだ、業務内容も確定していないのだから、もしかしたら捜査からも警備からも邪魔者扱いされて、大した仕事が回って来ない可能性もあるか……。

仕方がない……ここは國鉄職員らしく、上からの命令には「了解と二つ返事でっ！」か。

一応、それなりの覚悟を決めた俺は、グッと首を持ち上げる。

「やる気になって頂けましたか」

顔を近づける吾妻部長に、とりあえず表面的だけだがあいそ笑いをして見せる。

「分かりました、吾妻部長」

「そうですか、きっと小海総裁も喜ばれます」

握っていた右手を離した俺は、成田室長の方を振り返って額に手をあてて足をガシンと揃える。

「第七遊撃班責任者の件、謹んで拝命いたします！」

成田室長は満足そうに微笑み、しっかりとした答礼を返してくれる。

「では、境大輔。本日より東京中央公安室・第七遊撃班長として職務に精励するように」

同時のタイミングで俺と成田室長は右手をパシッとおろす。

成田室長はさっきの書類をスッと出したので、俺は受け取った。

「ここには第七遊撃班に配属される、班員二名の名前が出ているからな」

「ありがとうございます。部下……やっぱりいるんですよね」

俺が嫌そうに言うと、成田室長は「当然だろ」と呟く。

「一人じゃ出来ねぇことがある。それを学ぶのも責任者の職務の一つだ」

吾妻部長が側へやってくる。

「成果によっては増やす予定です。とりあえず二人ですが」

「いや〜そんなに部下はいらないのですが……」

「きっと、大きくなりますよ。第七遊撃班は忙しくなりますから」

フフッと笑う吾妻部長は、俺の希望がまったく聞こえていないようだった。

室長は俺の持っていた書類を指差す。

「確か……その二人は、今日『着任する』って聞いたぜ」

俺は受け取った書類を二つ折りにして右手に持つ。

「今日着任……。それはいいですが、第七遊撃班の机は、どこへ並べればいいんでしょうか？」

「今はうちも満員だからなぁ。すまんが部屋の一番奥に適当に作ってくれ。必要な備品については装備課に話を通しておく。『第七遊撃班の連中には、なんでも出してやれ』ってな」

　一階の構造を思い出しながら俺は呟く。

「部屋の奥？　そんなところに、机を置くような場所なんてありましたか？」

「あるだろう。今はちょっとゴチャゴチャしちまっているけどな。第七遊撃班は三人もいるんだから、協力して片付けてくれや」

「分かりました」

「じゃあ、よろしく頼むぜ、境班長！」

　成田室長に続いて吾妻部長からも言われる。

「境班長、ではよろしくお願いしますね」

　妙に上機嫌で話し出した二人に会釈して、俺は室長室から出てドアをゆっくりと閉める。

　なんだか、突然のことで望んでもいなかったことだが、俺は「班長」に昇格した。

　少なくとも昇給はして、班長手当みたいなものも確かついたはずだ。

「とりあえず給料が増えるんだから、そこは喜んでおくことにするか……」

　責任者という立場については深く考えず、昇給するという部分で納得することにした。

　廊下を歩いた俺は階段をゆっくり下りながら、成田室長からもらった書類を広げる。

　さっき読んでもらったような内容と一緒に、第七遊撃班を構成するメンバーの名前が俺の名前の下に記してあった。

　設立理由の説明が大袈裟な割に、配属される部下は女子二名だ。

「飯田奈々……と……五能瞳か……」

　國鉄本社は第七遊撃班に期待しているんだか？　期待していないんだか？

　危ない仕事の多い鉄道公安隊員は、九割が男性という世界だ。

　実際に東京中央公安室にも女性は数名いるが、それは総務とか経理といった事務方の仕事であって、現場に出て捜査や警備についている者はいない。

　それなのに……女子が二名の部署って。

　もしかして、第七遊撃班は「痴漢犯逮捕専門」なのか？

「入社年度は俺より一つ下だから、二年目ってことか……」

　そんなことを呟きながら階段を下り切り右へ曲がって、事務机の脇にある通路を書類を見つめながら歩いていく。

　ふと、頭の中にボンヤリとなにかが思い浮かぶ。

「しかし、どこかで聞いたことがあるぞ……飯田と五能って」

　入社二年目の國鉄職員なんて山のようにいるから、名前なんて覚えていることはないはずなのに、俺はこの二人について誰からか聞いたことがあるような気がしたのだ。

「どこで聞いたんだ？　俺は」

その時、一階の部屋の一番奥までたどり着く。

そこで、スッと顔をあげた俺は、二階へ向かって叫んだ！

「ここは倉庫じゃねぇか！」

東京駅丸の内北口から、自由通路を少し入ったところに「東京中央公安室」はある。

両開きの扉の両側の赤く灯るランプが目印だ。

扉を入るとカウンターになっていて、ここでお客様からの相談を受けることになっている。

その奥には第一捜査班、第二捜査班、第三警備班の事務机が並び、各員が制服姿で黙々と業務を遂行していた。

通路は右側に真っ直ぐに通り、その中間くらいに右へ向かう階段があり、これをのぼれば、さっきの室長室へ行くことが出来るのだ。

通路の奥には扉があって、その向こうに装備課、総務課、経理課などの事務室。

さらに男女のロッカー室や会議室やトイレなどが、かなり奥まで続いていた。

そして、成田室長が「部屋の奥」と言った場所は、東京中央公安室で発生した廃棄物を一時的に保管しておくスペースで、全員が「倉庫」と呼んでいる場所だった。

一応、グレーの事務机が三台あるが無造作に置かれていて、天板の上には使い終わったチラシやポスターの入った段ボールが、山のように積み上げられている。

さらに「いい旅トライアル二万キロ！」「結婚二十年目にハネムーンのプレゼント‼」とか、國鉄が大々的に展開していたキャンペーン用のぼりが突き刺さっていた。

「うちの最初の業務は、掃除だな」

俺がため息混じりに呟いた瞬間、東京中央公安室入口から大きな声が響く。

「申告します！」

入口に向かって振り返ると、右には身長が170センチくらいのショートカットの女子がおり、左には背は低いが出るところは強烈に出ていて、引っ込むべきところは驚くほど細いグラマラス女子が立っている。

「本日付けで東京中央公安室・第七遊撃班に配属されました、五能瞳です！」

「同じく、飯田奈々で～す‼」

五能瞳と名乗ったショートカットの方は、人殺しのような鋭い目つきでとっつきにくそうだったが、グラマラスな飯田奈々の方は愛想がよく、周囲にニコニコと笑いかけていた。

おかげで数人の男の鉄道公安隊員の鼻の下は、すでにだらしなく伸びている。

あれが五能と飯田か。どういう人選なんだ？

『宜しくお願いいたします！』

声を揃えた二人が、ピタリとタイミングを合わせて頭を下げる。

東京中央公安室のほとんどの人は「第七遊撃班」なんて初めて聞いた部署名なので、首を傾げていた。

放っておくわけにもいかないので、俺が右手を高く上げる。

「おい！　こっちだ――‼」

飯田がすぐに俺を見つけ、通路をタタッと五能と一緒に小走りでやってきた。

前に並び立った二人に、俺が敬礼する。

「私が東京中央公安室・第七遊撃班の責任者。境大輔だ」

まずは五能が答礼し部屋の隅々まで響く、澄んだ大きな声で挨拶する。

「五能瞳と申します！　ご指導ご鞭撻のほど、よろしくお願いいたします」

向かって右側に立つ五能は、ほっそりとした精悍な顔立ちで、黒髪のショートカットが似合う、一言で言えば「男前」だ。

そんなに胸が大きいわけではないが、ランウェイを歩くモデルとしても十分に通用するくらいに腰の位置が高く、そこから続く細長い足は、高地の崖を駆ける動物の足のようなキレイなシルエットだった。

だから、通路を真っ直ぐに歩いてきただけなのに、すでに事務系の女子ら数人が集まってきていて、こっちを見ながらソワソワした表情でヒソヒソ話をしている。

五能はクラスで男子にも女子にも人気が高い、格好いいタイプの女子だった。

女子にしては背が高く、170センチほどある。

つまり俺より身長が高いので、目線は見上げるような感じになった。

俺は条件反射のようにギリリと奥歯を噛む。

「なにか失礼がありましたでしょうか？」

目ざとく気がついた五能は、俺の目を見つめる。

「いや、問題ない。気にするな」

「了解であります！」

ただ、五能のクールな表情は厳しく、初対面の俺を睨みつけているように見えた。

もっ、もう少し……柔らかい感じに接することは出来ないものかね？

「五能、よろしくな」

五能が腕を下げると、今度は左側に立つ飯田が答礼する。

「飯田奈々で〜す。よろしくお願いいたしま〜す」

実直さが伝わる五能の挨拶に対して、飯田は気が抜けそうな感じの挨拶だ。

こんな様子でどうやって、鉄道公安隊の軍隊教練のような研修を切り抜けたのかは分からないが、鉄道公安隊員というよりもまるで保育士のようだった。

どうして、こんなに対照的な二人を回してきたんだ？

飯田の身長は五能よりかなり低く、たぶん155センチくらい。

柔らかいラインで作られたたまご形の顔で、吸い込まれそうに印象的な大きな瞳。

少し茶色がかった長い髪を頭の後ろで、ポニーテールにしてピンクのゴムでまとめていた。

そして、ほとんどの男は、出会ってすぐに目線を下へズラすだろう。

そこにはGかHはあると思われる形のいい胸があり、前にツンと突き出したロケットバストによって、白いワイシャツがテントのように張り出していた。

おかげで、単に通路を歩いてきただけで第一、第二、第三各班において男どもの円陣がすでに形成されており、こちらを見ながらコソコソと言っている。

それは飯田に関することだというのは、突き刺さるような視線から分かる。

飯田はクラスの男子に圧倒的な人気のある、彼女にしたいかわいいタイプの女子だった。

こういう二人のようなタイプの女子は、常にオーラのようなものが漂っていて、現れるだけで周囲の雰囲気を一気に制してしまうものだ。

「飯田もよろしくな」

五能と違って飯田の表情は優しくニコニコしていて、それは良かったのだが……。

「は～い。よろしくお願いしま～す」

飯田は語尾を伸ばすクセがあるようで、どうも空気が締まらなかった。

二人を足して二で割る感じには、ならないものか？

両極端な五能と飯田を見ながら、俺はそんなことを思った。

飯田は答礼を解いて、そのまま額に右手をあてる。

「それでぇ～第七遊撃班のオフィスはどこですか～？」

俺はその場で回れ右をする。

「ここに作る予定なんだけどね」

「じゃあ、まずはお掃除ですねぇ」

「最初の仕事はそういうことなる。すまないが事務机が三つ並べられるように、まずはここの片付けをやってもらえるか？」

「了解しました～境班長」

飯田は微笑み、五能は無言のまま作業に取りかかった。

命令で責任者をやることにはなったが、自らその自覚はまだ持てていなかった。

というか、持ちたくなかったのだと思う。

だから、とりあえず二人には、言っておくことにした。

「あぁ～言葉づかいはタメ口でいい。あまり歳は変わらないだろ」

「本当ですかぁ？」

「なんだか『境班長』と呼ばれるのも慣れていないから、しばらくは『境』でいいよ」

二人は『了解！』と答えた。

なにせ倉庫に使われていた場所なので、要するにいらない物が大量にあるだけなのだ。

大きなゴミ袋をとってきて「可燃ごみ」と「プラスチックごみ」に分別し　段ボールは潰して一つにまとめた。

捨てていいのかよく分からないものは、大きな段ボールに放り込み、とりあえず壁沿いに積み上げておくことにした。

余計な物はスペースの左側にまとめて圧縮したので、そこにはキャンペーングッズが山となって積み上げられることになった。

そんなゴミの山をほじくり返してみたら一番奥には窓があり、俺はそこを背にした場所に、両側に引き出しのある大きめの事務机を置いた。

俺の右には五能、左には飯田が向かい合わせに事務机を並べて、小さな島を作った。

イスについてはまともな物の用意がなく、

「とりあえず、これを使っておいていいよ」

と、総務が適当に余っていたものを持ってきたので、三人ともバラバラになった。

作業を三人でしていた俺は、少し気が付いたことがあった。

なんだ？ 二人は仲がいいんじゃないのか？

書類によると、二人とも「横浜鉄道公安室」の所属で、こうして同じ部署に配属されたのだから、俺はコンビとして仲が良いのだと思っていた。

別にギスギスしているというわけじゃない。

作業はテキパキとこなしているのだが、女子二人にありがちな、たわいのない会話をしているところが、まったく見られなかったのだ。

それに昼休みの食事も、二人で一緒に食べに行った様子もない。

業務中は「余計な会話はしない」ということなのか。

結局、昼休みを挟んで、片付けは定時いっぱいまでかかってしまったが、なんとか明日からは業務が開始出来そうなところまで準備が出来た。

定時終了直前に総務課の担当者がやってきて、近くから電話線を引っ張ってきて、それぞれの机の上にボタンのたくさんついた、白いビジネスフォンを一台ずつ設置してくれた。

ここまで素早く電話が置かれたのは、とにかく業務を遂行するのに電話が必要だからだ。

将来的には一人一人が「携帯電話を持つような時代になる」という話をニュースで聞くが、

そんな時代が、そのうちやってくるとは到底思えない。

電話を携帯しようとすれば「ショルダーフォン」と呼ばれる肩から掛けるバッグのような巨大な物で、今は株取引をするようなトレーダーとか、大企業の社長といった人しか使っておらず鉄道公安隊の備品にもない。

ショルダーフォンを使用するには電電公社に、保証金二十万円を預け、月額基本使用料二万六千円を払い、さらにもの凄く高い通話料を支払って話さなくてはならない。

A4サイズのバッテリーに受話器が乗っかっているような大きさにも拘らず、充電には八時間を要して、話せるのは四十分という性能だ。

だから、警察でも人質事件が発生した時くらいにしか使用していない。

第七遊撃班の初日は、オフィスを作るだけで終わることになった。

定時の17時となり、東京中央公安室内にチャイムが鳴り響く。

鉄道公安隊では早番、遅番、夜勤などが交代で回ってくるが、七十人もいればそうしたシフトに入るのもマレで、だいたい全員が「9時5時」の定時勤務。

各部署で終礼が開始されたので、俺も初めての第七遊撃班の終礼を行う。

俺が自分の席で立ち上がると、二人とも一斉にガタンと立ち上がる。

「では、終礼を行う。初日だから特に報告事項はない。女子ロッカー室には二人のロッカー

感謝状
表彰状
3時間への可能性

が用意出来たそうだから、明日からはそこで着替えてくれ」

二人とも俺を見たまま、コクリと頷いた。

その時、俺は少し気になっていたことを聞く。

「そう言えば……二人とも横浜鉄道公安室にいたんだよな？」

「そうですが、なにか？」

あまり気楽な感じには話さない五能は、ギロリと鋭い目つきで俺を見る。

「その割には、二人はあまり話をしないと思ってな」

五能と飯田はお互いに顔を見合わせてから、クルリと同時に俺に顔を向けた。

「横浜鉄道公安室での勤務期間が、短かったからではないか」

五能が呟いた。

「短かった？」

「そうよねぇ〜。配属されて一週間も経たずに、橋本駅の事件があったからねぇ〜」

両手を後ろに組んだ飯田がニヒヒと笑う。

「飯田さんのせいでなっ」

目を細めている五能に、飯田は両手を左右に開いて首を左右に振る。

「えぇ〜火をつけたのは、犯人だからねぇ。私のせいじゃないよぉ〜五能さん」

「うん？ 橋本の事件？ 火をつけた？」

俺の頭の中で、そのキーワードを聞いた時の記憶が一気に蘇ってくる。

そして、その時、ハッとして重要なことを思い出した！

「もしかして……」

知らないうちに震え出していた右手で、俺は二人を指差しながら呟く。

「お前ら……グランドスラムか⁉」

その瞬間、五能はチッと舌打ちをして目を細め、飯田はフフッと笑う。

「自分達でそう名乗ったわけじゃ～ないんですけどねぇ～」

「それは國鉄内で勝手に広がっている、あだ名だ」

二人の背景に黒いオーラのようなものが見え、俺の全身から力が抜けていく。

さっきまで俺は美人とかわいい二人組の女子が、部下になっただけと思っていたが、それは大きな勘違いだった。

この二人は「グランドスラム」と鉄道公安隊内で二つ名のついた、橋本駅の立体駐車場を完全に崩壊させた伝説の凶悪女子コンビだったのだ。

名前の意味は人類が実戦で使用した、最強の超大型通常爆弾『グランドスラム』からだ。

この爆弾は、第二次世界大戦中末期イギリス空軍が使用したバンカーバスターの一種で、その重量は約十トン。小型爆弾や砲弾では破壊出来ない建造物や堅牢な防空施設を破壊するために生み出された。

高度約一万二千メートルから投下した場合、四十メートルの深さまで突き刺さり、爆発の際には地表もろとも、周囲の基礎を全て粉々に破壊し、建造物を崩壊させる強烈な威力であることから「地震爆弾」と兵士らから呼ばれたらしい。

つまり、この二人が動けば「とんでもないことになる」と噂されているわけだ。

その事件については俺だって、流れてきた噂話で聞いていた。

だが、グランドスラムという二つ名の方が独り歩きしてしまったことで、二人の名前をすっかり忘れてしまっていたのだった。

なんだって、小海総裁はこんな二人を一緒にして遊撃班を作ったんだ⁉

目まいがした俺はクラリとして、右手をバンと机についた。

「そっ、そうだったのか……」

「やはり……お前も。そんな噂が気になる奴だったか……境」

奥歯を噛んだ五能は静かに回れ右をして、ロッカー室へ向かって歩き出す。

少し落胆したような顔をした飯田は、少しうつむきながらつぶやく。

「自分の目で……判断して欲しいなぁ～境君には」

髪をふわっとなびかせながら振り返り、飯田は五能の背中を追っていく。

この部署……大丈夫なのか？

二人の背中を見つめる俺の心には、どんどん不安が広がっていった。

ＡＡ０３　第七遊撃班の初仕事　場内進行

次の日の始業時間前、俺は室長室のドアを思いきり開けて叫んだ。

「成田室長！　彼女らが『グランドスラム』だと知っていましたね‼」

成田室長は動じることなく「バレたか」という顔をして、イスを横へ向けながら微笑む。

「そんな『事故物件を摑まされた』みてぇな顔をしなくてもいいじゃねぇか」

俺は成田室長のデスクに詰め寄る。

「グランドスラムを抱えた部署の責任者なんて、俺に務まるわけがありません！」

両手をバンと天板に叩きつけた。

成田室長は横を向いたままボソリと呟く。

「その名前……別にあいつらが、自分で名乗ったわけじゃねぇんだぜ」

「そっ、そりゃ～そうですが」

「だったら、失礼じゃねぇのか？　部下をそんな名前で呼ぶっつうのは……なぁ境班長」

成田室長が細い目で俺をギロリと睨む。

「はっ、はい……。確かにそれは……すみませんでした」

「それによ～。おめぇだって失敗したことがないわけじゃねぇだろう？」

それについては忘れられない記憶がいくつもあった。

大きな失敗の記憶があったからこそ、俺は責任者になることを今まで拒んできたのだ。

あっという間に成田室長に説得された俺は、ゆっくりとテーブルから手を離す。

「もちろん、入社以来……たくさんの人に、ご迷惑をかけてきました」

「だろう？」

成田室長はイスを回して、俺を真っ直ぐに見る。

「俺はなぁ。一度でも失敗しちまったらクビになっちまう民間企業よりも、一度入社すりゃ～なんだかんだ言いながらも、そいつの良さを探そうとしてくれる國鉄が好きだぜぇ～」

成田室長はさらに目を細めて微笑んだ。

「…………」

なにも言い返せなくなった俺は、そこで黙ってしまう。

成田室長は右手をチョキにして、自分の両目を指差す。

「まぁ、てめぇの目でしっかり二人を見てやんな」

「……自分の目で」

ゆっくりと成田室長は頷く。

「おめぇの目でしっかり見ても、あいつらが『鉄道公安隊じゃ使えねぇ』つうんだったら、その時は俺も一緒に小海総裁に意見具申をあげてやる」

　その緩やかに燃える優しいオーラに、俺は気圧された。

「わっ、分かりました」

　成田室長は肘をついた両手を前で組み優しく微笑む。

「あいつらが『グランドスラム』って呼ばれないようにしてやれ、境」

「二人がグランドスラムと呼ばれないように……」

　そう聞き返すと、成田室長が静かに頷く、

「それが第七遊撃班責任者としての、お前の役目だ」

　勢いを完全に削がれてしまった俺は、少しうつむきながら「はい」と答えた。

「頼むぞ……境」

　成田室長はそこで、なにかに気がついたらしく「おっ」と声をあげる。

「そういやぁ～おめぇを朝から呼ぼうと思っていたから、丁度良かった」

「なんでしょうか？」

　成田室長は左手で、丸の内方向をピタリと指差す。

「さっそく本社からお呼びだぜ。第七遊撃班長」

「國鉄本社から？」

成田室長がコクリと頷く。

「依頼は小海総裁が鳴り物入りで創設した『リデベロップメント部』からだ」

訳の分からない部署名に、俺は目を点にする。

「リデベロップメント部……。なんですか、その部署は」

「直訳すれば『再開発部』ってことになるかなぁ」

「再開発……。國鉄のなにを再開発するんです？」

ふぅぅ～と成田室長は息を吐く。

「今の世の中、空前のバブルブームだろ？」

両手をクルクル回しながら成田室長が続ける。

「土地の値段が一年で倍になっちまうってことなんか、都内ならザラにある」

「おかげで庶民が都内で一軒家を買うなんてことは難しくなって、國鉄本社の人でも山梨《やまなし》県の四方津《しおつ》に作られたニュータウンから、毎日通っている人もいると聞きます」

「おぉ～『山梨のマチュピチュ』な。ありゃバブルがなきゃ、ぜってぇ出来なかった町だな」

「多くの企業が新幹線通勤を認めていますから、高崎《たかさき》で早朝から売られている『上州《じょうしゅう》の朝がゆ』って駅弁が、通勤サラリーマンに買われて毎日完売だそうです」

成田室長は、今度は右手の人差し指だけを立てる。

「そこでだぁ。小海総裁はこのバブルの波に乗って『駅周辺の土地の再開発をしよう』と考えているわけだ」

そのアイデアには、さすがに驚いた。

「うちは鉄道会社ですよ。お客様や荷物を運ぶのが仕事だと思いますが……」

「だからな～國鉄内でも、このアイデアについては反対意見も多い」

「そりゃ、そうでしょう」

「取締役の中にはなぁ『そんな不動産屋みたいなマネが出来るか！』って激昂して、役員会議中にテーブルを叩きつけた人も出たそうだぜぇ」

まったく他人事の成田室長は、アッハハハと思いきり笑った。

俺には激昂した役員の気持ちがよく分かる。

國鉄に入社しているのだから、國鉄職員は國鉄のことを好きな人が……いや、愛していると言ってもいい人が多い。

鉄道を利用してくれるお客様のためになら、赤字になろうとも路線を存続させ、不便にならないようなダイヤを組み、ガラガラの特急列車を走らせる覚悟はあるが、それが「金儲け目的」となれば一気に雰囲気が変わる。

入社以来「採算度外視」で運営されている國鉄に関わってきたせいか、國鉄職員には「金儲けのために鉄道を利用する」ということを酷く嫌う一面があるのだ。

だが、小海総裁としては二十兆円などという天文学的単位の負債を減らさなくてはいけないのだから、まさに「異次元レベル」での改革を断行しなくてはいけない。

その一環が國鉄の土地の再開発なのだろう。

「まぁ、そんなことはいいとして……、國鉄本社で仕事を受けてきてくれ」

俺は成田室長を見る。

「分かりました。リデベロップメント部へ顔を出せばいいんですね」

「國鉄本社四階にあるからよ。そこに『21時に出頭しろ』とのことだ」

「21時？　また遅いですね。どういうことでしょうか？」

成田室長は首を左右に振る。

「さぁな、会議の終了時間が遅ぇんじゃねぇか？」

確かに「不夜城」とも呼ばれる國鉄本社の灯りは、深夜でも全て消えることはない。

「分かりました。では、第七遊撃班は、中休みをとってよろしいでしょうか？」

「了解した。よろしく頼む、境班長」

俺は成田室長と敬礼し合ってから部屋を出る。

そのまま階段を下りていくうちに、始業を知らせるチャイムが聞こえてきた。

一階におりて急造の第七遊撃班のスペースに直行する。

五能、飯田は揃っており、黒い鉄道公安隊の制服を着込んでいる。

俺が自分のデスクに回り込むと、二人は立ち上がって挨拶をしてきた。

五能はスリット入りの膝上スカートを穿き、そこからは黒いパンストに包まれたスラリと長い足が見えている。

喪服のような黒くて細いネクタイを絞めた白いワイシャツの上には、三つボタンタイプの長袖の上着を着ていて、裾は柔らかに丸くカーブしていた。

飯田もスカートを穿いているのだが、問題はその短さ。

「どんだけ短くオーダーしたんだ？」と突っこみたくなるようなミニスカートだった。

親方日の丸採算度外視の鉄道公安隊だから、実は制服は全てオーダーメイドであり、各人の希望に合わせて、丈やボタン、スリット、タックなどの変更が効く。

だから、全体のイメージは似ているが、それぞれ少しずつ違う。

身長は五能と比べてかなり低いので、着丈の短い二つボタンタイプの上着を着ていて、胸元には緩く結ばれた鮮血のように真っ赤なネクタイが見えた。

國鉄に長年出入りしているオーダーユニフォーム屋をもってしても、飯田のボディを隠すことは出来なかったらしく、引っ張るように前ボタンを留めると、余計に大きな胸を強調するような感じになっている。

二人とも腰には帯革を巻き、銃、伸縮式警棒、手錠用の黒いホルスターを吊っていた。

「さっそくだが任務だ」

「任務だと?」

五能は深刻な顔をし、飯田はふんわりと笑う。

「へぇ～もう命令が来たんですねぇ」

「本日、國鉄本社リデベロップメント部からの命令で『21時に出頭せよ』とのことだ」

「21時とは……また遅いな」

五能がギョロリと目を右へ動かす。

「きっと捜査は無理だから、警備でもするのかしら?」

見つめる飯田に向かって、俺は首を横に振る。

「さぁな、命令詳細は分からない。だが、夜間任務が予測されるので、第七遊撃班は12時から18時までを中休みとする。その時間は自由に過ごしてくれて構わない」

「分かりました～。じゃあ東京駅ホテルの『レストランさくら』のケーキバイキングにでも行ってこようかなぁ～」

　飯田はそこでチラリと見て五能に聞く。

「五能さんも一緒に行く～？」

「行かん」

　間髪入れずに五能は断る。

　相変わらずの感じだな。

　本当はこういう時、責任者として俺が二人の仲を取り持つべきなのだろうが……。

　責任者を始めたばかりの俺には、まだ、そこまでの余裕はなかった。

　まずは「第七遊撃班創設飲み会」をやって、飲みニケーションを図るとするか。

　イスに座ったまま近づいた飯田が、俺を少し下から見上げるように見つめる。

「そう言えば～境君」

　呼ぶときに「班長」は要らないと言ったが、だからと言って「君づけ」はどうなんだ？

　なんとなく気になるが、そんな細かいことを言うと「責任者として器が小さい」と思われそうで、俺はとりあえずそのままにしておくことにした。

「なんだ？　飯田」

「いくつか備品で必要なものがあるんですけどぉ～」

今のところ俺達の部署にはデスクがあるだけで、なんの備品もない。

きっと、文房具なんかも必要だ。

開けると廊下へ出る扉を見つめる。

「廊下の突き当りに事務関係の部署があるから、必要なものがあれば勝手にもらってきて」

飯田の顔がパッと明るくなり、大きな胸の前で祈るみたいに両手をパンッと合わせた。

「えっ⁉　好きなものを適当にもらってきていいんですか〜？」

なぜか、そんなことに、五能も勢いよく喰いつく。

「いいのか⁉　境」

どうしたんだ？　横浜鉄道公安室は備品に関して、かなり厳しかったのか？

こんなことで盛り上がる理由は分からないが、俺は二人に向かってしっかりと頷く。

「成田室長から『第七遊撃班の連中には、なんでも出してやれ』って話を通してくれているそうだから」

そこで、飯田と五能は珍しく顔を見合わせてから、俺を見て一緒に言った。

「了解だ、境」

「ありがとうございま〜す、境く〜ん」

これで良かったのか？

一瞬、なにか違和感を覚えたが、それがなにか分からなかったので、俺は気にすることなく今日の朝礼を開始した。

まだまだ、整っていない部署なので、中休みを挟みながら、あちこちの部署からパソコンやファックスなど、必要な事務機器をかき集めたら、セッティングなどは二人に任せた。

俺は部署新設に伴う手続きや挨拶で、國鉄本社や近隣部署を往復するハメになり、色々と忙しくなってしまって二人を見ている時間はあまりなかった。

結局、東京駅に再び戻ってきたら、20時半になっていた。

さっき、駅構内を通り抜けながらチラリと見たのだが、新幹線乗り換え口はお客様でいっぱいだった。

理由は新大阪《しんおおさか》行最終の新幹線が、20時30分発だからだ。

この最終新幹線は、俗にいう「シンデレラエクスプレス」って奴。

バブルのせいなのか、気がつけば遠距離恋愛が「トレンド」になっていた。

きっとトレンディドラマの影響も大きかったとは思うが、そこに國鉄が便乗して有名女優を起用した、キレイで切ないテレビCMをガンガン投下したことで拍車がかかった。

気がつけば雑誌やニュースで「楽しい遠距離恋愛のススメ」なんて特集が組まれるくらい

ブームになっていた。

そうした新しい宣伝の仕掛けも、小海総裁の指示によるものだそうだ。

今までの國鉄のテレビCMと言えば、地方のキレイな観光地を映して「ここへ来ませんか?」というものばかりだったので、宣伝部は大反対したらしい。

だが、結果的には今までガラガラだった「新大阪行・最終新幹線」のシートが満席になることになり、新たな新幹線需要を掘り起こしたのだ。

部署に戻ってみると、なぜか段ボールや黒くて長い大きなプラスチックトランクや、あまり見かけない頑丈そうなロッカーが運び込まれていた。

こんなものを発注したか?

イスに座っていた二人は帯革を外していて、机の上でカチャカチャとホルスターなどの装備品を組み替えているようだった。

「なんだ? これは」

俺が妙に重そうなロッカーに手をあてながら聞くと、飯田がニコニコしながら答える。

「装備課から頂いてきたものです。きっと、身近にあった方がいいと思って〜」

「そっか……。これになにを入れる──」

そこで言葉を遮るように、五能が帯革をつけ直しながら立ち上がる。

「境、そろそろ時間だろう」

俺は左手首に巻いていた頑丈さが自慢の黒いプラスチック腕時計「タフZ」の文字盤をクルリと回して時刻を確認する。

「そうだな。そろそろ行かないとまずいな」

五能はプラスチックトランクをロッカーに放り込んで鍵を閉めた。

片付けを途中で終えた飯田は帯革を素早く装備して、右手を拳にしてあげる。

「じゃあ、國鉄本社へ行きましょう〜!!」

どんな時でも明るい飯田に、ちょっと気持ちが和む。

俺が先頭で後ろに飯田、五能と縦一列で、事務所の端にある通路を歩いていく。

ほとんどの隊員は退勤していて、残っていた隊員は今日の夜勤担当である、一年先輩の第一捜査班所属の小浜《おばま》さんだけだった。

小浜さんは大学を卒業して入社した、銀縁の眼鏡が似合うイケメン秀才タイプ。

スラッとしたやせ型で、ストレートの黒髪をいつもキレイに整えている。

いつも冷静で「最も早く部長になるだろう」なんて言われている業務成績も優秀な人だ。

もちろん、安定した永久雇用先を探す國鉄女子社員からの人気が高くモテる。

通路を歩きながら、挨拶して通り過ぎる。

「お疲れ様です。國鉄本社へ行ってきます」

顔をあげた小浜さんは、時計を見てから眼鏡のサイドに手をあてる。

「こんな時間から？　珍しいですね」

「うちは出来たばかりですからね。きっと今夜中に片付けなきゃならない雑用ですよ」

通り過ぎながら呟くと、小浜さんは優しく微笑んでくれる。

「ご苦労様です。境班長」

先輩の小浜さんにまで「班長」なんて言われると、本当にこそばゆい。

「小浜さんこそ、お疲れ様です。では、行ってきます」

俺達三人は軽く会釈して、閉まっていたシャッターの脇にある通用口から外へ出た。

東京中央公安室は東京駅の丸の内口と八重洲《やえす》口をつなぐ「南北自由通路」に面している。

右へ歩くと、すぐに丸の内北口に出る。

「なんだか、いつも工事中ですよねぇ～東京駅って……」

飯田が足場と白いシートに囲まれた東京駅舎を見上げながら呟く。

「今は赤レンガ駅舎の復元工事中だからな」

「復元工事？」

俺達は丸の内北口を出て、横断歩道を渡って國鉄本社へ向かう。

「この駅舎の黒い屋根は、米軍の空襲で焼失した時『まぁ、五年持てばいい』という程度で造ったものらしいが、そのまま数十年過ぎてしまったからな」

「だから、復元するんだぁ」

飯田が後ろをなん度も振り返った。

「十年後に開通する國鉄リニアまでには、東京駅をキレイにしておきたいそうだ」

「あっ、そうだぁ」

横断歩道を渡りながら、飯田が俺に黒い革のケースに入った名刺サイズの物を差し出す。

「これ、境君の分」

「ポケベルか。ありがとう」

俺は飯田から受け取り、ズボンのポケットに放り込む。

「第七遊撃班用として番号登録してありますから」

各鉄道公安隊員への連絡は、基本的にポケベルを使って行われる。

ポケベル本体には液晶画面があって、カタカナで二行程度のメッセージを受け取れる。

その範囲で指示を送るか、俺達が東京中央公安室へ電話して要件を聞くという方法で各隊員と連絡をとるのだ。

そこで正面玄関についたので國鉄本社内に入る。

基本的に國鉄は二十四時間列車が走り続けているので、國鉄本社の窓の灯りが全て消えることはなく、こんな時間でも正面入口は開いている。

さすがに昼間のような活気はなく、館内は静かで足音しかしないが。

奥に並ぶエレベーターホールまで歩き、一台のゴンドラに三人で乗り込む。

四階でドアが開いたら、右に左に曲がりながらどこまでも続く廊下を歩く。

リデベロップメント部は最も奥にあり、他の部署とは厚い壁で完全に仕切られていた。

「ここか……」

窓もない扉の真ん中にある、白地のプレートに「リデベロップメント部」と書いてある。

俺がドアをノックしようとした瞬間、スッと室内へ向かって扉が開く。

中からはブラックスーツ姿の女の人が一人出てきて、俺達をチラリと見ただけで言葉を交わすこともなく廊下へ出て、エレベーターの方へ消えて行こうとする。

黒い髪を一つに編んでまとめ、レンズがぶ厚く、かなり度のきつそうな黒縁眼鏡をかけている姿は普通の事務員といった印象だが、近くで見るとかなりの美人なことが分かる。

なんだ……あれは？

俺が気になったのは、そんな女の人には不釣り合いな銀のアタッシュケースを左手に持っていたからだ。

その時、女の人の背中を目で追っていた飯田が声をあげる。

「あれぇ〜江火野《えびの》ちゃ〜ん。どうしたの〜?」

江火野と呼ばれた女の人はスタッと立ち止まり、ゆっくりと首だけ回して振り返る。

やはり目は悪いらしく眼鏡の真ん中にあるブリッジに右手の人差し指をあてて位置を少し調整してから、右の目尻だけをピクリと上げる。

「飯田?」

そこで、首をゆっくり回して続ける。

「と……五能か」

五能はぶっきらぼうに「そうだ」と呟く。

「うわぁ〜久しぶりだね〜江火野ちゃ〜ん。新人研修以来だっけ?」

ニコニコと微笑みながら飯田は話しかけたが、江火野は目も合わせようとはしない。

「きっと、そうでしょうねっ」

たぶん真面目な人で声は優しそうだが、言葉尻には少し勝気な雰囲気が漂っていた。

同じ國鉄でも鉄道公安隊では、絶対に見かけることのないタイプだ。

右手をあげた飯田は、江火野に俺を紹介してくれる。

「こっちは私が今所属している部署、東京中央公安室・第七遊撃班長の境大輔君〜」

「よろしく、境です」

俺は微笑みかけたが、江火野は表情を変えることなく「境さんね」とだけ言って目も合わせなかった。

飯田は五能と江火野を指差す。

「私達、同期入社なんですよ〜。入社式の後に行われる二週間の新人研修も、みんな横浜研修センターで同じだったしぃ〜」

「そうなのか」

ちなみに國鉄の同期にバッタリ会うことはよくある。

バブル期ということもあって、俺達の年の同期入社は全国で約五千名もいるからだ。

反対に一度も会ったこともない同期が多く「先輩だろう」なんて思いながら、敬語で話していた人が、後々「同期だったのか」なんていうこともあった。

もちろん、五千人入ったからと言って、全員が辞めないわけもなく俺達世代の離職率は、今までの世代に比べて異様に高い。

世の中がバブルなことで「証券会社はボーナスが十か月分は出る」とか「広告代理店なら初年度から年収一千万越えだぞ」とか景気のいい話を合コンで聞いてしまって、ヘッドハンティングの話に飛びついて転職する者が多いのだ。

早い奴は新人研修中の二週間の寮生活に音を上げて辞表を提出していたくらいだ。

もちろん、広告会社や証券会社は國鉄とはまったく違っているので、転職してから「ノルマがこんなに厳しいものとは思わなかった」と後悔している奴もいるし、能力制が肌に合って二十四時間働いている奴もいる。

そんなことをしている俺達の世代を、世間では「新人類」なんて呼ぶ。

江火野は会話を弾ませることもなく、目を細めて鋭い目つきで飯田を見る。

「ねぇ飯田。もう、行ってもいい？」

少しイラついているような江火野は、気だるそうに言った。

「こっちこそ引き止めちゃって、ごめんね江火野ちゃ～ん。また今度ね」

江火野は「じゃあ」と言うと前を向き、コツコツと廊下を歩いて行った。

三人で背中を見つめていると、部屋の中から声がする。

「東京中央公安室・第七遊撃班か？」

「はい、そうです！」

中を覗くと、丸坊主でプロテインを飲みまくっているような体の大きい筋肉鎧の男が、こちらをギロリと睨んでいた。

まるで、鉄道公安隊の警備班の人達のような体格だが、服装はまったく違っていた。

男は明るい茶色のダブルスーツを着ているが、とてもまともなサラリーマンには見えない。

「リデベロップメント部は、反社会組織と戦う部署なのか？」

五能が小さな声で囁くと、飯田はフフッと笑う。

「やっぱり土地を狙う地上げ屋さん達と、戦わなくちゃいけないこともあるんじゃな〜い？」

「ほぉ〜それは中々面白そうだな」

五能は笑うことなく、右の口角だけを少しあげた。

再開発を行うような部署だから、都市計画なんかをプランニングしているような、どちらかと言えば小浜さんのような人を想像していたので、俺も少し驚いた。

丸坊主の男は首だけをクイッと動かして、俺達に指示をする。

「中へ入ってドアを閉め、俺の後ろについて来い」

なんだか雰囲気がピリついているな。

姿勢を正した俺は、素直に言うことを聞く。

「わかりました」

三人が一列に並んでリデベロップメント部へ入っていくと、部屋の中にも似たような感じの人達が十人くらいいて、俺達をジッと目で追っていた。

とても、國鉄本社内にある部署には見えない。

成田室長からの命令だったから気楽に受けたが、これはもしかすると……。

緊張した俺は少し体を強張らせた。

俺達は殺風景な事務机の並ぶオフィスを通り抜け、一番奥のさらに厚い壁に囲まれた部長室のドアの前まで連れてこられた。

「山手《やまて》部長。第七遊撃班の連中がきやした」

「中へ入ってもらえ」

そう声がした瞬間、男がドアを開いて左へ避けた。

「第七遊撃班、境。入ります！」

窓一つない部長室は億ションのモデルルームのようだ。

十畳程度の部屋の壁は最近作られたようで、新品の高級そうなウッドパネルがズラリと並べられていた。

手前にはバブル御殿ではよく見かける、海外の有名デザイナーがデザインした白い革の高級ソファが、長方形のガラステーブルを挟んで向かい合わせに置かれている。

山手部長は応接セットの向かい側の左側に足を組んで座っていて、右手をあげてクイクイと俺達を呼んだ。

応接セットの奥にはドッシリとした事務用デスクが置かれているが、その机の上にはさっき江火野も持っていた同じ形の銀のアタッシュケースが、いくつか積み上げられている。

山手部長は「ダンディなチョイ悪おやじ」風で、イタリア製と思われる紺のダブルスーツを着こなし、ロマンスグレーの髪はオールバックにしていた。

サークルと呼ばれる口を囲むようにしたヒゲを整えている。

どう見ても反社会組織のボスだ。

「やぁ〜ご苦労さん、ご苦労さん。まぁ、座ってくれ」

ただ、物腰は柔らかく、近づいた俺達に向かって右手を出して席をすすめた。

こちらは三人用のソファなので俺が真ん中に座り、右には五能、左には飯田が座った。

部長室のドアがドンと丸坊主の男によって閉められると、山手部長はガラステーブルの上にあったオルゴールみたいな箱のフタをパカンと開く。

「境君はやるかね?」

箱の中にはズラリと細い葉巻が並んでいた。

「いえ……そういうものは」

酒は飲むが、タバコは学生時代から吸わない。

「そうかい。葉巻はいいものだぞ」

山手部長はフフッと笑ってフタを閉じ、箱をテーブルに置いた。

俺は背もたれから背中を外し、前のめりになって聞く。

「それでは、今回の任務の内容を教えて頂けますか？」

「境君は真面目だな」

「我々は鉄道公安隊ですので」

真剣な顔で言うと、山手部長は「ほぉ」と呟きながら、眼光鋭い目で見返して来た。

「……いいだろう。そういう仕事のやり方も嫌いじゃない」

席を立った山手部長は自分のデスクへ戻り、腕を組んで少しだけ迷ってから、

「よしっ、これにするかな……境君には」

と呟いてから、一つの銀のアタッシュケースの黒いハンドルをパシンと掴んだ。

クルリと振り向いた山手部長は、少し笑みを浮かべながら戻ってきてソファにドスッと腰をおろした。

そして、右手に持っていたアタッシュケースをスッとガラステーブルの上に置き、軽く力を入れて俺の前へ向かって滑らせた。

きっと、なにも知らない人が見れば、反社会組織との薬物取引現場だ。

山手部長は笑みを浮かべているだけで、なにも説明しようとしない。

「なんでしょうか？　これは……」

俺はアタッシュケースを受け取って、サイドにあったロックに手を掛ける。

一瞬でドスの効いた顔になった山手部長は、強めの口調で俺の動きを制した。

「ケースは開けるんじゃねぇ！」

体をビクリとさせて俺は手を止める。

「開けるな⁉　それはどういうことです？」

部屋の中の緊張感が一気に高まった。

「その中には『重要なブツ』が入っている」

「重要な……ブツ……」

割合頑丈そうなアタッシュケースだ。こういう物で輸送するのなら現金、金塊、宝石、美術品といった換金性の高いものが考えられる。

いや、リデベロップメント部からの依頼ということを素直に考えれば、どこか重要な土地の権利書とか契約書といったところだろうか？

なんにしろ、かなり「ヤバイブツ」である可能性が高いな。

俺の額からツーと冷や汗が流れ出す。

「こいつの中身ですが――」

俺がしゃべり出した瞬間、山手部長は顔を一気に崩してガハッと笑う。

「なんてなっ」

完全な肩透かしを喰らった俺は、両目を一旦閉じてからゆっくり開く。

「ヤバイブツじゃないんですか?」

俺が呆れながら聞くと、山手部長は笑いながら頭の後ろを右手で掻いた。

「大したもんじゃない。ちょっとした不動産屋ジョークさ」

「脅かさないでください」

俺が真剣な顔で言うと、山手部長はフンッと鼻から息を抜く。

「境は堅物だな」

「そういう問題じゃありません」

山手部長はアタッシュケースを指差す。

「そいつには改ざん防止のために封印がしてあってな。ケースを開くと封が切れちまうように作られているんだ。だから、相手に届けるまでは絶対に開けんようにな」

そういうことか。鉄道公安隊でも機密書類は、そういう扱いをする物もある。

「分かりました……」

「こいつは『機密書類』って奴でな」

「そういうことですね」

山手部長は葉巻を持ち上げながら頷く。

「まぁ、アタッシュケースはロックしてあって鍵は別の場所にある。だから、バールなど使って鍵を破壊しないかぎり開けられんようになっているがな」

そこで俺は手にはめていた白い手袋で、さっき噴き出した額の汗を拭きとり、黒いハンドルを握って持ち上げ、自分と五能との間にゆっくりと置く。

五能はスッと目を細める。

「つまり……任務はこのアタッシュケースを、どこかへ届けることだと?」

山手部長が五能を見返す。

「おう、第七遊撃班は話が早くていいな」

「それでぇ～。このお荷物をどこへ届ければいいんですかぁ?」

飯田を見つめて山手部長が呟く。

「……大阪だ」

『大阪……』

俺達は声を揃えて聞き返す。

「こんな時間に呼び出したんですから～、きっと『今すぐに行け!』ってことですよねぇ?」

そう言った飯田に向かって、山手部長はニヤリと笑う。

「ほぉ、君も中々勘がいいじゃないか。では……」

胸ポケットに右手をゆっくり入れた山手部長は、懐からなにかを取り出して、それを飯田に向かってガラステーブルの上を滑らせた。

スッと止まったそれは、表面に新幹線の写真の入った國鉄のチケットケースだった。

今年の関西への観光誘致キャンペーン名の「三都ストーリーズ」と書かれている。

飯田はチケットケースを受け取って、中に入っていた六枚の切符を取り出す。

俺が横から覗き込むと、三枚は「東京都区内↓大阪市内」までの乗車券で、あとの三枚は特急券のようだった。

切符をめくっていた飯田が、特急券の列車名を読み上げる。

「東京駅22時45分発、寝台急行『銀河』……」

山手部長は静かに頷く。

「寝台急行銀河の大阪着は明朝8時丁度だ。大阪駅近くにある『國鉄大阪鉄道管理局庁舎』へ向かい、大阪リデベロップメント課の『鹿児島《かごしま》課長』本人に、明日の朝8時半までに、そいつを必ず手渡しで届けてくれ。絶対に遅れることのないようにな」

なにを運ぶのかは分からなかったが、山手部長の命令は要するに「國鉄大阪鉄道管理局庁舎に荷物のお届け」という簡単な内容だった。

郵便を利用すれば済むような案件だったことに、心の中で少しほっとしていた。

まぁ、発足間もない部署への命令なんて、こんなもんだろう。

小海総裁が鳴り物入りで作ったリデベロップメント部からの依頼で、しかも部下達もイカツイ感じだったので少し心配したが、大した内容じゃなかった。

少し気が抜けた俺は、飯田がポケットにしまおうとしているチケットケースを見ながら山手部長に聞いた。

「こんなアタッシュケース一つを届けるだけなのに、本当に三人掛かりで大阪まで届けに行ってよろしいのでしょうか？」

山手部長は目をつぶり、あげた右の手首から先だけをフラフラと左右に振る。

「かまわん、かまわん。一応、切符を用意させたが、これは國鉄の業務の一環だから全て無料発券だし、寝台急行銀河はスカスカらしいからな」

「そうですか……」

「まぁ、大阪で第七遊撃班創設記念飲み会でも、やってきたらどうだ？」

山手部長はガハハと大笑いすると、飯田はパチンと胸の前で手を鳴らす。

「あぁ～それいいですねぇ～。大阪ってなにが美味しいんだろう？」

「それなら、鹿児島に『いい店を紹介してやれ』って連絡しておいてやろう」

「ありがとうございま～～～す‼」

ニコニコ喜んでいる飯田とは対照的に、五能からはチッと舌打ちが聞こえてきた。

腕時計で確認すると、もう21時20分を回りつつあった。

二人の顔を見てから、俺達は同時に立ち上がる。

「では、第七遊撃班は荷物を届けに、大阪へ行ってまいります！」

俺達が同時に敬礼をすると、山手部長はゆっくりと答礼した。

「すまんがよろしく頼む」

山手部長は俺が持っていたアタッシュケースを見つめて続ける。

「くれぐれもそのアタッシュケースは、無くしたり、どこかへ置き忘れんようにな」

俺はアタッシュケースをしっかり持ち上げて、

「そんなバカなことは絶対にしません。俺達は鉄道公安隊ですので」

「あぁ～それから……。一応、これは最優先事項だからな。途中、車内でどんなことに遭遇しても無視して、そいつを時間までに届けることに集中しろ」

「了解しました！」

俺達は一斉に敬礼を解いて、部長室から外へ出た。

相変わらずの少し怖い雰囲気の事務室を通り抜けて、ドアを開いて三人とも廊下へ出たら、挨拶をすることもなく丸坊主の男がぶっきら棒にガンと閉めた。

「もう少し愛想よくしてもいいだろう」

俺は扉を見つめていたが、すでに五能はタッタッと廊下を行進し始めていた。

「東京駅へ急ぐぞ」

「そうだな……」

俺が五能を追いかけていくと、横をご機嫌で軽い足取りの飯田が歩きだす。

「大阪かぁ～私、久しぶりかも～」

飯田はすでに任務のことなど忘れているような気楽な雰囲気。

「別に旅行へ行くんじゃないんだぞ」

「えぇ～旅行みたいなもんじゃな～い？」

「これは重要な第七遊撃班の初任務なんだからな」

飯田は首を伸ばして、俺が右手で持っていたアタッシュケースを覗き込む。

「こんなケース一つを、三人掛かりで届けるのがですかぁ～？」

俺はグッと胸を張る。

「こんなもんだろうが、なん人がかりだろうが関係ない。与えられた命令を一つ一つ確実に実行していくのが鉄道公安隊員だ」

愚痴れない責任者となったので、飯田に対してしっかりとした事を言ったのだ。

「そうなの～？　境君って意外と真面目なのねぇ～」

飯田は「ふ～ん」と頷いた。

それに……俺には少し心配している事があった。

飯田には分からないようだったが、もしかしたら第七遊撃班は「懲罰部隊」って可能性もあるのだ。

懲罰部隊というのは、軍隊で脱走、敵前逃亡、勝手な略奪などの軍規違反者を集めて編成した部隊で、戦争中には埋葬、地雷処理、特攻攻撃など危険な任務を与えられた。

成田室長からも吾妻部長からも、そう聞かなかったが、もしかしたら橋本駅での事件を起こした二人が、罪滅ぼしをするために作られた部署かもしれないのだ。

ならば、俺のような奴が小浜さん達を差し置いて、突然責任者というのも理解出来る。

もし懲罰部隊であれば、第七遊撃班はマイナスからのスタートなのだから、こうした地味な命令でも「あいつらは確実に命令を実行する」という実績を積み重ねて、まずは評価をマイナスから「0」になるようにしなくてはいけないだろう。

昨日、独身寮の自分の部屋で、部署について考えていた俺は、そんなことを思ったのだ。

下へ向かうエレベーターのボタンを押して待っていたら、キンとドアが開く。

こんな遅い時間だったが、ゴンドラからは鉄道公安隊員の制服を着た二人組が出てきた。

どこの公安室の人だろう？

顔を見ても分からなかったが、とりあえず、お互いに敬礼し合って無言ですれ違う。

ゴンドラへ入った五能が、ドアの「閉」と一階のボタンを押す。

両側からゆっくりと閉まっていくドアのすき間から、二人の鉄道公安隊の背中を見ていたが、俺達がきた方向へ行くようだった。

「あいつらも……リデベロップメント部へ行くみたいだな」

ゴンドラの壁に背を預けながら呟く五能に飯田が言う。

「まだ、アタッシュケースが、七つ置いてあったからねぇ～」

そんなことを言いだす飯田に、俺は少し驚く。

「七つ？　そうだったか？」

「ですから、あと七チームやってくるんじゃないですか？」

フフッと微笑む飯田に、数なんてまったく気にしていなかった俺は少し感心した。

「今から宅配便に頼んだら、明日集荷の明後日着になるからな。どうしても今日中に届けなくちゃいけない荷物が発生したんだろう」

そこで、ゴンドラのドアが開き、壁から背中を外した五能が真っ先に歩き出す。

「あの山手部長が『送り忘れた』ねぇ……」

そう呟いた五能は、口元が少し上がったように見えた。

國鉄本社の正面玄関から出た俺達は、横断歩道を渡って東京駅へ向かう。

本来であれば出張用の荷物を用意したいところだが、発車時刻が迫っているので東京駅へ直接向かうしかなかった。

「このまま丸の内北口から入って、寝台急行銀河に乗るぞ」

「分かりました〜」

飯田が返事した瞬間、飯田に向かって五能が右手を伸ばす。

「飯田さん、私の分の切符をくれ」

チケットケースから取り出した乗車券と特急券をセットにして、飯田は「は〜い」と手渡す。

バシッと受け取った五能は、全速力で南北自由通路へ向かって走りながら叫ぶ。

「先に行って寝台急行銀河に乗っておいてくれ！」

「五能！　どこへ行くんだ。発車まで時間がないぞ」

俺はそう言ったが、五能は足を止めることはなかった。

「忘れ物を取ってくるだけだ。すぐに追いつく！」

そのまま、東京中央公安室へ入って行ってしまった。

「ったく……」

初任務からまったく言うことを聞かない五能に呆れる。

俺は持っていたアタッシュケースを上に上げて見せた。

「これさえ大阪へ届ければいいんだからな。別に『三人揃って』とは言われていないから、最悪乗り遅れたっていいんだが……」

横を歩く飯田を見て続ける。

「では、先に乗っておくぞ、飯田」

「きっと、大丈夫ですよ。五能さんは真面目ですから」

フフッと笑う飯田と俺は一緒に歩き出した。

丸の内北口改札にズラリと並ぶ駅員が、銀の鉄板で囲まれたラッチと呼ばれる場所に入って、お客様の切符を瞬時にチェックしていた。

現在、機械で切符を自動でチェックすることを検討しているらしいが、そんなものを導入すれば人員削減につながるとして、組合からの猛反対にあっている。

だから、どんなにテクノロジーが進化しようとも、國鉄に自動改札機が導入されることはないだろう。

切符を駅員に見せると、カチカチ鳴らしながらリズムをとっていた改札鋏《かいさつばさみ》で、瞬時にバシンと切符の一部を切り落としてくれた。

俺達が軽く会釈しながら通り抜けると、駅員は微笑んで挨拶する。

蛍光灯が天井にズラリと並ぶコンコースを歩き、丸の内口から八重洲口へ向かって伸びる幅の広い中央通路を歩く。

東京駅での勤務が長い俺は、列車案内版を見なくても列車の入線番線がだいたい分かる。

「寝台急行銀河は、10番線だ」

「さすが東京中央公安室勤務。よくご存じですね」

飯田が口を開きながら感心してくれた。

俺は「まぁな」と、少し胸を張った。

悪くないな……こういう部署の責任者なら。

俺はもっと危険な部署の責任者をやらされるかと覚悟していたが、さすがに二名の女子しか部下にいない第七遊撃班に対して、そういった命令は出ないようだった。

だったら……部下の命を危険に晒すことはないだろう。

少し五能の方はとっつき難かったが、飯田の方はまったく問題がなさそうだ。

俺は楽しそうに歩いている飯田の横顔を見つめる。

もしかしたら、五能が暴走して橋本の事件は起きたのだろうか？

だとしたら、飯田は巻き込まれてしまっただけで、可哀そうな奴なのかもしれない。

俺はそんなことを思った。

どうみても飯田からは立体駐車場を破壊するようなパワーは感じられなかったからだ。

丸の内口から見て、東京駅の番線は1番線、2番線……と続く。

だから、寝台急行銀河が入線している10番線は、在来線ホームとしては最も八重洲口側にあるホームということになる。
9、10番線ホームへ向かう階段のところまでやってくると、その向こうには各地へ向かう新幹線乗り換え口が見えてきた。
新幹線は最終電車の発車が近づいており、東海道《とうかいどう》・山陽《さんよう》新幹線の改札口前には、あまりお客様はいなかった。

あの数時間前のシンデレラエクスプレスの時のことが、まるで夢のようだった。

東京から各地方へ向かう新幹線は、22時くらいが最終列車。

そのために、それ以降でも乗り込むことが出来て、翌朝にはなってしまうが、ゆっくりと睡眠をとってホテル代を浮かせつつ、現地へ到着する寝台列車が重宝されるのだ。

俺達が階段を上がっていくと、ホームから「オォォン」というモーター音が聞こえてくる。

階段の途中から右の10番線に停車していた、鉄道ファンから「ブルートレイン」と呼ばれる、青い車体の國鉄24系客車で編成された寝台急行銀河が見えてきた。

階段を上がり切ると、ホームにズラリと並ぶ列車が一望出来る。

車両基地から出てきたばかりの車体はピカピカに磨かれていて、ホームの天井で輝く白い蛍光灯を受けて濃い青色の車体はキラリと光っていた。

「へぇ～こんな雰囲気なんですね～。寝台列車って……」

そんな反応をする飯田に聞く。

「飯田は寝台列車に乗るのは、初めてなのか？」

「だって、神奈川《かながわ》の駅員をしていた時も、横浜鉄道公安室の時も、列車に乗るようなお仕事はありませんでしたし、プライベート旅行でも寝台列車は利用したことがありませんのでぇ」

「確かに……。國鉄職員でも担当によっては、寝台列車に関わらないこともあるな」

「そうです、そうです」

フンフンと頷く飯田に俺は聞く。

「俺達の席は、なん号車だ？」

飯田はチケットケースから切符を出すこともなく答える。

「2号車の『1の上下』と『2の下』です」

さっきのアタッシュケースの個数を覚えていたこともあって、俺は飯田に聞く。

「もしかして、さっき切符を見た瞬間に、指定席の番号まで覚えたのか？」

「ええ、カメラみたいに、画像をパチンって一瞬で記憶するのは得意なのでぇ〜」

列車沿いに歩きながら、飯田はカメラのシャッターを押すフリをしながら微笑んだ。

「飯田は、そんな特技をもっているのか……」

「こんなの特技にもなりませんよぉ〜」

遠慮がちに笑う飯田に、俺は聞き返す。

「それが出来るなら、テストの点数がすごく良かったんじゃないか？」

「いいえ、そういう興味の湧かないものを大量に頭に詰め込むっていうのは出来なくてぇ。あくまでも瞬時に画像をいくつか覚えるだけなんですぅ」

飯田は恥ずかしそうに頬を赤くした。

寝台急行銀河は９両編成。

先頭で客車を牽くのは、田端《たばた》運転所所属の青い車体の國鉄ＥＦ６５直流電気機関車。

発車時刻が迫っていたので屋根に並ぶ大きな丸いヘッドライトは煌々と輝き、二つのパンタグラフはピンと伸ばされて架線にしっかりあてられていた。

この國鉄ＥＦ６５電気機関車は製造番号が１０００番台なので、下半分がクリームに塗られている正面には、貫通扉があって窓が三つ並んでいた。

國鉄ＥＦ６５電気機関車のすぐ後ろに、電源車である國鉄カニ２４形が連結されている。

国鉄カニ２４形には四百三十馬力のインタークーラーターボ付きディーゼル機関が、発電機と一緒に2セット搭載されており、全車両で使用する電力をここから供給している。

国鉄カニ２４形の後ろからは、24系客車が七両続いていた。

全ての客車は青20号で塗られ、中間と一番下に白いラインが走っている。

1号車となる「オロネ24形」だけは、幅が大きく進行方向に沿ってベッドの並ぶ、少し高級な「A寝台」車だが、残りの2号車から7号車までは全て「B寝台」車だ。

俺達はギリギリまでホームで五能を待っていたが、まったくやってくる気配がない。

「なにやってんだ？　五能は……」

今日は携帯無線機も装備していないので、すぐに連絡をとる方法はなかった。

《お待たせしました。10番線より大阪行寝台急行銀河号発車いたします。ご乗車のお客様はお急ぎくださ〜い》

駅員のアナウンスに続いて、電子音の発車ベルが東京駅10番線に鳴り響く。

ファララララララララララララララララ……♪

ビジネスユースの多い寝台急行銀河らしく、発車間際になってもビジネスバッグを持ち、スーツ姿で駆け込んでくるサラリーマンが数人いた。

「仕方がない乗り込むぞ」

「どうしたんだろう？　五能さん」

俺達は2号車の前部デッキから中へ入った。

切符は渡してあるんだから、俺達の席も五能は分かっている。

だから、なんとか駆け込みでも乗り込めれば、後で落ち合うことも出来るはずだ。

まぁ、二人でもアタッシュケース一つくらい、大阪へ無事に届けられるが。

《ドアが閉まりま〜す》

目の前で風呂の扉のように縦に半分に折れる「折れ戸」が伸びて、ドアはパタンと閉まる。

フィイイイイイイイイイイイイ♪

國鉄ＥＦ６５電気機関車の抜けるような気笛が、東京駅中に響き渡った。

ガクンと後ろへ引っ張られるような衝撃がやってきて、一両一両の客車がガチャンガチャンと國鉄ＥＦ６５電気機関車に引かれて加速していく。

一番後ろまで伝わった連結器の振動は、再び前へ向かって波のように戻っていった。

国鉄24系客車は電車のようなピタリとくっつく「密着連結器」ではなく、少しすき間のある「自動連結器」なので、尺取虫のようなこういうガクガクとした独特の動きをする。

デッキからオレンジの窓のついたドアを開いて、車体の右に寄った2号車の通路に入る。

通路に沿って進行方向の横向きに、二段ベッドがズラリと奥まで並んでいた。

國鉄24系客車の定員は、確か三十二名か三十四名。

単純計算で上下二段のベッドが十六台並び、それが二台一組で八部屋あるってことだ。

俺と飯田は2号車に入って、一番手前にある四つの寝台が並ぶ部屋に入った。

「個室じゃないんだぁ」

飯田が珍しそうにベッドを見つめる。

「こういう仕様が『今どきじゃない』ってことなんだろうな。だから、山手部長も言っていたが『寝台急行銀河』は利用者が少ないんだろう」

寝台急行銀河のB寝台車は、全て「開放B寝台」と呼ばれるタイプ。

だから、個室にはなっていなくて、緑のモケット張りのベッドの周囲を、うす紫のカーテンでグルリと囲むだけだ。

「これ〜女子の一人旅なら、ちょっと不安ですよねぇ」

飯田はカーテンをシャヤと開け閉めしながら苦笑いした。

各ベッドには読書灯とハンガーがあり、足元には折りたたまれた毛布と一緒に白いシーツと浴衣が置かれている。

ベッドの奥にある窓の中央にはアルミのハシゴがあり、上のベッドで寝る人は、これを使って上段へ登るようになっていた。

「境君はどのベッドを使う?」

飯田は1の上下を指差して聞く。

「俺はどっちでもいいぞ」

「じゃあ、私は上でいいかなぁ?」

特にこだわりもなかったので、俺は二つ返事でOKする。

「構わないぞ。じゃあ、俺は下のベッドを使うから」

俺が下のベッドに入り、アタッシュケースを一番奥まった窓際に置いている間に、飯田は「よいしょ」といいながら、ハシゴに手をかけて上段へトントンとのぼっていく。

上のベッドに入った飯田は、なぜかシャャとカーテンを閉めた。

もう寝る気なのか?

耳を澄ましていると、上のベッドからシュルシュルと布のすれる音や、カチャカチャと金属があたるような音が聞こえてきた。

俺はシートに座って肘置きに右腕を置きながら、通路にチラリと顔だけを出す。

すでに東京駅を出て五分くらい経っていると思うが、五能はやって来なかった。

俺は任務に遅刻してくる奴は、基本的に好きじゃない。

「本当に乗り遅れやがったな……五能の奴」

2号車内の各ベッドでは、お客様が荷物の整理でバタバタしていたが、山手部長が言っていた通りで、乗車率は50パーセントくらいでガラガラと言える。

価格が安いB寝台がこれぐらいだったら、少し値段の高いA寝台の1号車には、きっと誰も乗っていないだろう。

東京から大阪へ深夜に走る寝台急行銀河のお客様は、90パーセント以上がビジネスユースでプライベートの旅行客は少数の鉄道ファンくらい。

廃止が発表されれば鉄道ファンが連日乗りにくるかもしれないが、國鉄では寝台列車を廃止することが少ないので、そういった廃止イベントバブルもあまり起きない。

寝台料金をプラスされるので新幹線とあまり変わりない料金設定でも、寝台急行銀河を利用する人は、最終の新幹線に乗れなかったが、どうしても明日の朝に東京や大阪へ行かなくてはいけないサラリーマンがほとんどだ。

だから、料金がさらに高く個室でもない、A寝台を利用するお客様はいないのだ。

寝台急行銀河は最初の停車駅の品川《しながわ》に22時54分に停車し、横浜を目指して走り出す。

品川を出てしばらくすると、上のベッドのカーテンが開き飯田がトントンとおりてくる。

「飯田……」

声をかけようとした俺は絶句した。

「なんですか〜？　境君」

なんと、飯田は寝台備え付けの浴衣に着替えていたのだ。

寝台列車用の白地の浴衣の表面には、紺の「I」みたいなマークが散りばめられている。

正確には「I」ではなく「工」をデザイン化したもので、どうして國鉄の浴衣に「工」が出てくるのか最初は分からなかったのだが、

「昔、國鉄の所管省庁は『工部省』だったからな。それの名残だ」

と、先輩鉄道公安隊員に教えてもらった。

そんなの「もう何十年前だよ？」と思ってしまうが、なぜか寝台列車の浴衣と言えば、このお馴染みの柄を使用し続けている。

下までおりてきた飯田は、フロアにあった青いスリッパに「よっ」と足を入れる。

そして、パタパタと歩いて俺の前に立つ。

「なにをやってんだ？」

額に右手をあてて俺は呆れたが、飯田はまったく動じない。

「寝る準備です」

「飯田……寝る準備ってなぁ。俺達は任務中なんだぞ」

　俺は枕元に置いてあったアタッシュケースを見つめる。

「もしかして～境君は制服でもグッスリ寝られるタイプ～？」

「任務中なんだから、あくまで『仮眠』だろう。制服では寝にくいだろうけど、緊急事態に備えておかないとな」

「緊急事態ねぇ～」

　パタパタとスリッパを鳴らしながら歩いた飯田は、誰もいない向かいのシートにストンと座り足を組んだ。

　グラマラスボディに浴衣は破壊力抜群で、薄い布を細い腰に帯一本でしめているところが、とてつもなくエロいことになっていた。

「どんな緊急事態が、起こる予定なんですぅ？」

　そう言われてしまうと、俺も返す言葉に困る。

「いや～そのなんだ。なんかあるかもしれないだろう」

「まぁ、その程度の心配だったら、緊急事態が起きてからでも間に合うんじゃな～い？」

　フフッと微笑んだ飯田は、足をもう一回組み替えた。

　飯田の浴衣姿を直視していること自体がセクハラのような気がしてきて、俺はスルリと目線をズラして車窓を見た。

「そっ……そうかもしれんが……」

「あんまり緊張していたら、疲れちゃいますよぉ」

俺も根っから真面目というわけでもない。

部下が出来たことで「模範にならねば」という意識が強くなり、まともなことを多く言うようになっていた。

飯田に言われて、俺も少し肩の力を抜くことにした。

「そうかもしれないな。ありがとう、飯田」

「いいえ～どういたしまして！」

その瞬間、飯田はスッと立ち上がる。

「では、私は失礼しま～す」

飯田は通路へ出て、後方のデッキへ向かってパタパタと歩いていく。

トイレなんだろうな。

そんなことは聞けないので、俺は黙ったまま飯田を見送った。

すぐにガコンガコンと大きな音を響かせて、長い鉄橋で多摩川《たまがわ》を渡る。

神奈川県の川崎へ入ると進行方向右側には、高いマンションの灯りが見え、左側を大きな工場が現れては消えて行く。

「どこへ行ったんだ？　寝台急行銀河は車内販売もやっていないはずだから、トイレ以外にどこも行く場所はないと思うが……」

なぜか飯田は出ていったっきり戻ってこなかった。

「五能は乗り遅れるし、飯田は戻ってこないし、どんだけ自由奔放なんだ？　グランドスラムは……」

中休みに仮眠が取れなかった俺はフワァァとアクビをしながら、両腕を上のベッドへ向けて伸ばす。

腕時計を見ると23時になろうとしており、いつもならそろそろ寝る時刻だから、眠気が襲ってくることは仕方ない。

窓には夜景が流れ、たまに通過する踏切の音はドップラー効果で高音で迫ってきては、真横で低い音に変化して離れていく。

車内に目を向けて見るが、周囲のお客様も就寝に入りつつありひっそりとしていた。

「まぁ、山手部長からも『徹夜で見張れ』とは言われていないのだから、飯田が戻ってきたくらいで、俺もアタッシュケースを枕にして寝るか」

俺がもう一度フワァァと大きなあくびをして、目から少し涙を出した時だった。

後ろの方からコツコツと足音が急速に迫ってきたので、サッと通路に目を向けてみたら、足早に女の人が通過していくところだった。

俺達と同じ歳くらいの女の人は、キョロキョロとしていたので俺と目が合った。

長い黒髪を頭の真ん中で分けるワンレングスと呼ばれる、トレンディドラマなどでもよく見る流行り髪型で、真っ赤な口紅が印象的な色白の美人だった。

ほんの一瞬見ただけだったが、女の人のプロポーションが抜群だと分かる。

それは体のラインがハッキリ出るような、膝が隠れる程度の丈の薄いグレーのオフショルニットワンピース、これも最近よく聞く「ボディコン」を着ていたからだ。

ちなみにボディコンとはボディラインを強調している服という意味で、ボディ・コンシャス《を意識している》って意味だそうだ。

そういった服を着ている人を東京駅のパトロール中によく見かけるが、鉄道公安隊に勤める女性隊員が私服で着ているのを見たことがない。

しかし、珍しいな。こんな女の人が寝台列車に乗っているなんて……。

ここが六本木なら分かるが、寝台急行銀河のお客様としては、あまりこういうファッションの人を見かけた記憶がなかった。

一旦俺の横を通り過ぎた女の人の黒いショートブーツの足音が遠ざかりかけたが、すぐにこっちへ向かってコツコツと戻ってくる。

そして、俺の寝台の横に立ち心配そうな顔で、前後をキョロキョロと見回してから、逃げ込むようにして俺のベッドの前の通路に入ってきた。

女の人が上半身を曲げると、キレイな長い黒髪がサラサラと流れ落ちた。

「あの～もしかして……鉄道公安隊員さんですか？」

まぁ、こんな制服を着ていたら、誰だって鉄道公安隊員だと気がついてしまうだろう。

「はい。そうですが……」

少し遠慮がちに答えたのは輸送任務中で、ここは管轄外だったから。

今、何かを訴えられても「車掌に言ってもらえますか」としか対応出来ない。

こういう制服を着ていると、列車内で起こったありとあらゆるトラブルを訴えられることが多いが、ほとんどの場合は「車掌」が担当すべきことなのだ。

嫁姑問題や夫の浮気問題くらいで、警察などには行かないだろう。

だが、どうも鉄道公安隊は「気楽に相談出来るなんでも屋」みたいに思われているところがあって、割合、駅構内を歩いている時も色々と呼び止められる。

「あのっ、あのっ！　守って欲しいんですが！」

こういうお客様は、ちょくちょく東京中央公安室にもやってくる。

だが、鉄道公安隊員も人数が限られているので、ボディーガードまでは請け負えない。

まずはソワソワしている女性に、空いていた向かい側のシートを指差す。

「まずは落ち着いてください。どうぞ、そこへ座って……」

スッと後ろへ下がった女の人は、なにかを気にしながらシートの中央に座った。

夜はベッドとして使用される24系客車のシートは、横幅が一メートルくらいあるので大人三人でも余裕で並んで座ることが出来る。

俺は上半身を前へ乗り出して女の人の顔を見つめながら、研修で教わった通りの基本的な対応を行う。

こういう場合、とりあえず訴えを聞いて現場担当者に引き継ぐことになっていた。

今回の場合は車掌ということになる。

「すみません。規則なので、まずはお名前をおうかがい出来ますか？」

制服の内ポケットから鉄道公安隊手帳を取り出し、胸ポケットからシャーペンとボールペンが一緒になっている「ボーシャペン」を取り出して、シャーペンの方をノックして出す。

女の人が体を前のめりにすると、オフショルニットワンピースの胸元がグッと広がって肌の露出が大きくなった。

「私、ゆめ さきと言います」

「ゆめさきさんね。ゆめの漢字は眠ったら見る『夢』で、さきは花が咲くの『咲』でいいですか？」

「はい、それでいいです」

咲さんはコクリと頷く。

「それで？　なにがあったんですか？」

「それが……ですね」

咲さんは上半身を倒して、俺に向かってググッと体を近寄せてくる。

二人の間が三十センチくらいになったところで、口の横にスッと右手を立てて頬を赤くしながら囁いた。

「私……さっき……ベッドで襲われて……」

こういった案件も鉄道公安隊ではよく聞く。

ベッドではないにしても「車内で痴漢された」という届けは、毎日五件程度はある。

俺は真面目な顔で聞き返す。

「襲われた？　この車内で……ですか？」

膝まで覆っていたニットワンピースに置いていた両手にギュッと力を入れて、咲さんは真っ赤になった顔を下へ向けた。

「そっ……そうです。さっきです」

ということは、その犯人がまだ車内にいるかもしれないということか……。

俺は声が大きくならないように、腰を浮かして少し近づいた。

「それで？ どこで誰に襲われたんですか？」

こういうことを聞くのは酷だと思うが、犯人を逮捕する上で仕方がないのだ。

咲さんが顔をあげて、フサァと髪に右手を通して後ろへ流す。

瞳は潤んでいて泣き出しそうだった。

右手の人差し指を伸ばして、咲さんは後方を指差す。

「後ろの3号車の7の下段ベッドにいたんです。私はいつも寝るのが早いので、東京駅を出発したら、すぐにベッドに入って寝始めたんですけど……。品川を出てしばらくしたら、いきなり男の人がベッドに入ってきて……」

俺はペンを走らせながら聞き返す。

「品川を出たのは定刻の22時54分でしたから、では、襲われたのは23時前後ってことになりますね」

自信なさそうな顔で、咲さんは静かに頷く。

「たぶん……そのくらいだと思います」

「それで、ベッドに入ってきた男に、なにかされましたか？」

その瞬間、驚いたことに、咲さんはオフショルニットワンピースの胸元の下を右手で持って、大きく開くように下へ向かってグッと下げて見せた。

咲さんの大きな胸の谷間の奥までハッキリと見え、もう少しで胸の先の部分まで見えてしまいそうなくらいまでガバッと開いた。

「男の人に両肩をおさえつけられて、無理やりここにキスされたんです」

鉄道公安隊員として顔には出せないが、一応、俺も男なので動揺してしまう。

「そう……ですか。では、胸にキスを……されたんですね」

スッと立ち上がった咲さんが、向かいのベッドから歩いてきて俺の左側にトンと座る。

座った瞬間に鉄道公安隊では香ることのない、大人の女性らしいバラのフレグランスの香りがフワッと周囲に広がった。

そして、顔と顔がくっつきそうなくらいまで、咲さんは迫ってきて、さらに胸元を大きく広げて見せながら言った。

「ほら、ここです！」

咲さんが指差した胸元の肌には、確かに少し赤くなっている丸い部分があった。

「だったら……これは傷害事件……ですね」

外面上は冷静を保とうとしていたが、どうしても心臓は高鳴った。

東京中央公安室にも女性被害者の相談はやってくるが、痴漢事件についての聞き取りは、基本的に女性事務員が担当するので、俺達が対応することは少ないのだ。

それにこんなに大胆な被害者女性を相手にするのは初めてだった。

咲さんはずっと胸元を大きく開いたままにしているので、俺は右手を立ててとどめる。

「もっ、もう……被害状況は分かりましたから……大丈夫です」

咲さんは体を俺に向けて倒してくる。

「もっと、しっかりと被害状況を確認しなくて大丈夫ですか、鉄道公安隊員さん」

「大丈夫。本当に大丈夫ですから！」

そのまま、俺に寄りかかった咲さんは、両手で俺の腕にしがみつく。

「……咲さん。あの、そういうのは……」

俺の左腕は大きな胸の谷間にあたり、薄いニットを通して温かい体温が伝わってくる。

「怖かったんです……突然……あんなことされて……」

「そっ、それはそうでしょうね。酷い奴ですね」

左を向けなくなった俺は、正面を見たまま事情聴取を続ける。

「他にはなにかされましたか？」

そのまま顔だけを上げた咲さんが、潤んだ大きな瞳で俺を見つめる。

「いえ、そこで『このままじゃレイプされる！』って思って、全力で暴れて男をベッドの外へ突き飛ばして逃げてきたんです！」

泣きそうな顔の咲さんを見下ろしながら、俺はペンを持って聞く。

「では、どんな男でしたか？」

咲さんはフルフルと顔を左右に振る。

「すみません。読書灯も消していたので、男の人の顔は……」

「でも、男から逃げてきたんですよね。だったら、逃げる時に見えませんでしたか？　室内灯はまだ消灯されていないので、ベッドから突き飛ばしたのなら見えましたよね？」

咲さんはコクンと頭を下げたので、黒髪からフレグランスの香りがまた広がる。

「跳ね飛ばしたあとは、逃げるのに必死で……」

手帳からペンを離した俺は、奥歯を噛んで「そうか……」と唸る。

痴漢やレイプ被害者の女性が犯人の顔を見てないことは、よくあることだった。

「そうですか。では、男の顔は覚えていないと……」

「やっぱり……それじゃあダメでしょうか？」

泣きそうな顔の咲さんに、俺は安心させるように微笑みかける。

「いえ、そんなことはありません。もちろん、男の顔が分かれば今すぐにでも犯人捜しに行けるのですが、分からないとなると、それが出来ませんから……」

今度は俺がすまなそうな顔で応えた。

「それはそう……ですよね」

こうして話しているうちに男に襲われた恐怖が蘇ってきたのか、咲さんの顔は少し青くなって体がフルフルと小刻みに震え出していた。

きっと、すごく怖かったに違いない。

こうした開放寝台が許されるのは車内の治安が保たれているからで、どこかに性犯罪者がいると思ったら、とてもじゃないがカーテン一枚の寝台では寝ていられない。

寝台特急によっては「女性専用車」が用意されている列車もあるが、ビジネスユースがメインの寝台急行銀河には、そうした区別はなかった。

さらに体を俺にギュッと密着させてきた咲さんは、不安そうな顔で見上げる。

「自分の寝台へ戻るのは……怖いな」

「まだ、その男は、この列車内に残っているかもしれません……からね」

俺が左を向いて見下ろすと、咲さんの瞳と見つめ合うことになる。

ジッと俺の目を見つめていた咲さんは、スッと俺の耳元に唇を伸ばして囁く。

「あの……私の寝台まで来て――」


その瞬間だった。

通路の影から浴衣姿の飯田がフラリと現れる。

「第七遊撃班！ 飯田奈々。ただいま戻りやしたぁ～」

額にペチンと右手の甲をあてて手のひらを見せ、研修なら教官に張り倒されて「腕立て五十回だっ」と罰を喰らいそうな、いい加減な敬礼を見せる。

「飯田……なにをやっているんだ？」

顎を外さんばかりに呆れて聞き返したのは、飯田が左手に寝台特急「富士《ふじ》」のヘッドマークが描かれた、三百五十ミリリットルの缶ビールを持っていたから。

俺に体をベッタリとつけていた咲さんは、サッと離れて服装と髪をパパッと整えた。

浴衣が少し着崩れて肩の露出が増えていた飯田はニヒヒと笑う。

「なにをってぇ～。飯田は只今、任務遂行中であります！」

列車の振動が発生するたびに、足元が少しフラついているのでスリッパのパタパタという音が周囲に響く。

小さなため息をついた俺は、飯田の左手の缶ビールを指差す。

「……どっから持ってきたんだ？」

飯田は右手をフラフラとあげて後方を指差す。

「ちょっと～車内販売のワゴンを探しにぃ～、後ろの車両まで歩いていったら～。途中で宴会中のおじさんグループに『お姉さんかわいいねぇ』なんて声かけられちゃってぇ～」

酒を飲んだことで、飯田の話し方はさらに保母さん具合が増していた。

「そこで、その缶ビールを、もらってきたのか？」

飯田は右の親指と人差し指で、本当に小さなすき間を作って見せる。

「おじさん達がねぇ～『ちょっとだけ』なんて言うから～」

言い終わった飯田は、アハハハハと楽しそうに笑った。

その感じは全然「ちょっと」じゃねぇだろ⁉

きっと、鉄道公安隊の制服なら声はかけられないが、あんな刺激的な浴衣姿で通路をフラフラ歩いていたから、単に旅行中のかわいい女子と思って声をかけられたんだろう。

飯田はそういうタイプなのか、顔はまったく赤くなっていなかったが、全体的にはフラフラで、いい感じにほろ酔いになっていた。

きっと、飯田はこういういい加減な部分があって、横浜鉄道公安室で色々と問題を起こしたんだろう。

俺は足元がフラついている飯田を見ながら、第七遊撃班へ回されてきた理由が少し分かった気がした。

「まったく……勤務中に飲酒だなんて、なにを考えているんだ？」

俺は勤務中に酒を飲んでいる飯田に心から呆れた。

「それはそれは……大変失礼しましたぁ～～～」

飯田は体を左右に揺らしながら、上半身をペコリと下げる。

「任務遂行中に、そんなに酔っぱらってどうすんだ？　飯田」

俺が腕組みをして少し怒って言うと、飯田はジト目で俺と咲さんを交互に見た。

そして、飯田は「へぇ～」と呟いてから口をつけてゴクリと飲むと、缶ビールを持った左手の人差し指をピッと伸ばして咲さんを指す。

「任務遂行中の『ほんの少しの飲酒はダメだ』とおっしゃいますが、そういう『異性交遊』はよろしいんでしょうか～？　第七遊撃班・境班長どの～」

トロンとして目が座った飯田は、完全な絡み酒。

自分が反省することもなく絡んでくる飯田に、俺は怒って言い返す。

「これはそういうのじゃない！」

「じゃあ、どういう異性交遊ですかぁ～？」

俺は横で恥ずかしそうに下を向いていた咲さんを見る。

「こちらの咲さんは、さっき車内で傷害事件に合われたんだ」

さすがにそういうことを聞けば、鉄道公安隊として飯田も少しシラフに戻る。

「傷害事件？」

聞き返す飯田に、俺は3号車を指差しながら小さな声で呟く。

「咲さんは3号車で男に襲われたんだ」

「3号車……ですか。じゃあ、隣りの車両ですねぇ～」

酔っぱらっていて状況把握が鈍くなっている飯田は首を傾げた。

「3号車の7の下段ベッドで寝ていた咲さんは、23時頃に見知らぬ男から襲われたんだ」

少し真面目な顔になった飯田は、咲さんを虚ろな目で見つめる。

「3号車の7の下段ベッドで……23時頃かぁ……」

「そうだ。俺はお客様からの相談を受けていたんだっ！　お前と一緒にするなよっ」

少し強めに言ったが、酔っ払い相手なのであまり効果はない。

通路近くに立つ飯田は、後ろ側になる3号車とのデッキを見つめる。

「それでぇ？　その犯人はどうしたんですかぁ？」

俺は首を左右に振る。

「男の顔を咲さんは見なかったそうだ」

「じゃあ、まだそいつは、この列車内をうろついているってことですかぁ?」

咲さんをチラリと見た俺は、グッと奥歯を噛んだ。

「そうかもしれない……」

さっきまでは色々と話してくれていた咲さんだったが、飯田が来てしまったからか、ずっと下を向いたまましゃべらなくなっていた。

飯田とも一度も目を合わせることはない。

まぁ、いきなり浴衣姿の酔っ払いの女が現れて、それが「鉄道公安隊員」って名乗られたら不安になるだけだろう。

飯田の飲酒問題は任務完了後に厳重注意するとして、問題は咲さんのことだ。

このまま自分の寝台へ戻すわけにもいかないだろう。

騒ぎになったので、もしかしたら横浜で下車しているかもしれないが、その確証はない。

襲った犯人がもう一度やってくるとは考えにくかったが、性犯罪者によっては同じターゲットに固執することもある。

それに咲さんも襲われた寝台へ戻って、朝まで寝るなんて無理だろう。

目の前のベッドを見ていた俺は、その解決策を思いついた。

「そうだ！ 咲さん、そこのベッドで寝ませんか？」

俺は向かいの下段ベッドを指差す。

スッと顔をあげた咲さんは、首を傾げながら小さな声で呟く。

「こちらのベッドで？」

頷いた俺は、優しく微笑みかける。

「ここはうちの隊員が使う予定のベッドだったんですが、そいつは乗り遅れたので、もうそのベッドを使う者がいないんです」

「そう……なんですね」

咲さんは戸惑い気味に言う。

「さすがに鉄道公安隊員がすぐ前のベッドにいるのに襲ってくるなんてことはないだろうし、もし、それでもまだ来るようなら、俺がそいつを逮捕しますから」

安心してもらおうと、俺はわざとらしく自分の胸をドンと叩いて見せた。

咲さんの顔から少し不安が取り除かれる。

「では、そうさせて頂きます……」

はにかみながら咲さんは、ちょこんと頭を下げた。

俺は通路の壁に背中をあてながら、チビチビとビールを飲み続けていた飯田を見る。

「それでいいよな？　飯田」

飯田は意味深な顔でニタニタ笑う。

「いいんじゃないですかぁ～？　境君がそれでいいならぁ～」

ダメだなこれは……。

さっきよりも酔いが回ったらしい飯田に、今はなにを言っても意味がない。

俺は右手を広げて、前のベッドを指し示す。

「じゃあ、気にせずにその下段ベッドを使ってください。咲さんが眠るまでは、俺が起きて見張っておきますから」

「本当にありがとうございます。ここなら安心して眠れそうです」

俺の横から立ち上がった咲さんが丁寧に頭を下げると、長いワンレングスの黒髪の先端がフロアにつきそうだった。

コツコツと靴音を鳴らしながら向かいの2の下段ベッドへ歩き、両足を揃えて腰をかけショートブーツを脱ぎだす。

一つ一つの動作がとても女らしい咲さんは、ただ、ショートブーツのファスナーを下ろして脱ぐだけでも色気を感じた。

その時、飯田が俺の前を、浴衣の裾をなびかせながら通り過ぎていく。

「私もそろそろ寝ちゃお～と」

「おいっ、飯田」

一応注意しておこうと思ったが、飯田はまったく気にせず無視して通り過ぎる。

酔っ払いになにを言っても、明日は覚えてないか……。

ハシゴの下で投げ捨てるようにスリッパを脱ぐ飯田を見ながら、俺はそう思った。

窓の真ん中にあるハシゴを裸足になってカチャンカチャンと鳴らしながら、俺の上のベッドへ向かって登っていく。

ハシゴを登りながら、飯田は思いきり大あくび。

「じゃあ、境君あとはよろしくねぇ～。私は朝まで仮眠をとるから～」

ガッツリ浴衣を着てベッドでグーグー寝るのは仮眠とは言わねえんだ、飯田。

ハシゴの一番上まで登った飯田は、上段ベッドにポンと移る。

そこでクルリと振り返り、上段ベッドから首を伸ばして咲さんに聞く。

「咲さん、荷物とかいいの？」

一瞬、戸惑った咲さんは「荷物？」と首を傾げる。

「自分の寝台に荷物を置きっぱなしでしょう？　突然襲われちゃったから～」

咲さんは言いにくそうな顔で微笑む。

「私、旅行へ行く時は、荷物はまったく持たない派なんです」

「そっか～全部泊まるホテルへ送っちゃう人ねぇ～」

「そうです、そうです」

咲さんは飯田を指差しながら、なん度も頷いた。

「その方が楽でいいよねぇ」

「荷物とか持つと、肩とか凝りますからね」

飯田は「そっかそっか」と納得しながら、首をベッドへ下げていく。

「じゃあ、おやすみぃ～境君～」

上から飯田の声がして、カーテンがシャーと閉まる音がした。

「あぁ、おやすみ、飯田！」

少しやけくそ気味に俺は言い放った。

しばらくすると、咲さんもベッドにシーツを敷き終わり準備が整ったので、キレイな足をピタリと揃えて上から毛布を掛ける。

とても申し訳なさそうな顔で、咲さんはペコリと頭を下げた。

「じゃあ、すみませんが、お先に失礼させて頂きます」

そうそう、大人の女なら、こういう感じに言わないとね。

鉄道公安隊では絶対に見かけないタイプの咲さんに、俺は少し感心した。

「しばらくは起きて見張っていますから、安心してお休みください、咲さん」

「はい、よろしくお願いいたします。境さん」

天使のような微笑みを見せて、咲さんはゆっくりとカーテンを閉めた。

知らないうちに横浜も通り過ぎていて、寝台急行銀河は停車していた戸塚から発車するところだった。

チャラララン、チャラララン、キーン。

「寝台急行銀河号です。只今の時刻は23時53分です。お休みのお客様も見受けられます。ご案内はお休みの妨げともなりますので、この放送を最後とさせて頂きます。緊急な事態がない限り、明朝米原《まいばら》着直前まで放送を休止いたします。あらかじめご了承下さい」

最後を締めくくるおやすみ放送が終わると、廊下の灯りがフッと暗くなる。

車窓には次第に数が減っていく、町の灯りがゆっくりと後ろへ流れていた。

ＡＡ０４　大阪行き寝台急行銀河　制限解除

寝台急行銀河は深夜の國鉄東海道本線を西へと走り続けた。

東京駅から戸塚までは、なんだか色々なことでバタバタしたが、飯田と咲さんが寝入ってからは、特になにも発生しなかった。

というか、それが当たり前なのだ。

寝台列車に乗ると「どこかの車両で殺人事件が⁉」などと想像の翼が広がるものだが、推理小説の題材として数十回も舞台になったわりには……國鉄の現場では一度もない。

もちろん、乗車中に持病が急激に悪化して、車内で重病化するお客様は結構おられるので、そういう場合は緊急停車して近くの病院に搬送することはある。

咲さんは「襲われた」と言っていたが、あれもよく考えてみたら酔っ払いの仕業かもしれない。

開放B寝台である以上、厳密に言えば密室じゃない。

咲さんが悲鳴をあげればカーテン一枚なのだから、前のベッドはおろか車内中に響き渡り、近くのお客様がすぐに車掌に通報するのは目に見えている。

そんな状況でレイプなんてことをやる奴が、本当にいるだろうか？

ましてや、なんとか目的を達成したとしても、特急列車というものは逃走するには次の停車駅まで下車することが出来ない危険な場所だ。

そう考えてみれば、あれは単なる酔っ払いで「戻るベッドを間違えた」のかもしれないし、酔っていたから「勢いで抱きついた」ということなんじゃないか?

前と上で静かに寝息をたてている二人の女の子を前に、俺はそんなことを考えていた。

小田原《おだわら》には0時10分に到着し、定刻通りの0時12分に発車した。

一応、俺は1号車から7号車までを、一回だけパトロールに出た。

変に「金目の物が入っている」と思われて、銀のアタッシュケースをコソ泥に奪われては一大事なので、一応、右手に持ちながら歩く。

やはり、先頭のA寝台である1号車のカーテンは全て開いていて、お客様は一人も乗っていなかった。

2号車から続く開放B寝台も通路を歩きながらチェックしてみたが、怪しい人物を発見することは出来なかったし、最後尾の乗務員室にいた車掌に聞いてみても、

「いや、なにもトラブルの報告は聞いていません」

とのことだった。

一応、咲さんから聞いた内容については、だいたい伝えておいた。

「では、そのお客様が『被害届を出す』と言われた場合には、こちらで対応します」

車掌はそう言った。

咲さんが被害届を出せば、車掌を通じて下車した駅の鉄道公安隊に行くことになるはずだ。きっと、咲さんを襲った酔っ払いも投げつけられたショックで、今頃は酔いも目も覚めて一目散に自分の寝台へ逃げ帰り、カーテンを閉めてベッドで息を殺し、体をガタガタ震わせているんじゃないだろうか。

この程度の事件では全ての寝台のカーテンを開いて、一人一人をチェックするなんてことは出来ないし、咲さんが犯人の顔を見ていない以上、犯人を特定するのは難しそうだった。

自分の部屋へ戻る前に、犯罪現場となった3号車の7の下段ベッドもチェックした。

一応、敷かれていた白いシーツと毛布は乱れていたが、なにか犯人の遺留品が残っていることもなく、他の三つのベッドは使用されていないようだった。

「ってことは……目撃者は探せないってことか」

酔っ払いにしても犯人を特定して、出来れば「次やったら逮捕しますよ」とお灸を据えてやりたいと思ったが、さすがに目撃者がいないことには、それさえも難しい。

そんなことをしているうちに、列車は熱海《あたみ》に0時35分に到着する。

「熱海か……さすがにゆっくり走るな」

新幹線であれば三時間弱で走り切れる東京～大阪間を、寝台急行銀河は一晩かけて走るのだから、その走行速度は遅めで駅での停車時間も長い。

ほとんどの車窓には緑のカーテンが引かれているが、ベッドに一人もお客様のいないところの窓からだけ、駅の蛍光灯の灯りが差し込んで光っていた。

熱海でドアが約一分間開くが、寝台急行銀河から下車する者も乗り込んでくる者もいない。熱海も電灯だけが煌々と輝いているが、すでに普通列車は終わっているのでホームに人影はまったくなかった。

ジリリリリリと発車ベルが鳴り響き、0時36分に静かに熱海を出発した。

熱海を出てすぐに「丹那《たんな》トンネル」に突入し、ゴォォォという騒音に車内は包まれる。

すでに0時半を回っていて、通路の照明は足元しか光っていないので薄暗く、車内はすっかり静まりかえってしまっていて、犯罪者よりも幽霊でも出そうな雰囲気だった。

「事件なんて、簡単に起きるわけはないよな」

パトロールを終えたことで、すっかり気が抜けてしまった俺は「あっ、あぁ～」と大きなあくびをしながら両手を伸ばした。

しばらくすると、寝台急行銀河は丹那トンネルを抜けて、静岡《しずおか》県内を走行し始める。

昼間であれば右側に富士山がキレイに見える辺りだが、今は真っ暗なだけでなにも見えず、左側には小さな町灯りが続き、その向こうには海がチラチラと見えた。

咲さんのベッドは静かで、カーテンの向こうから微かに寝息のようなものが聞こえてくる。

この世は万事こともなく、とても平和な國鉄の寝台急行の旅だ。

「これなら仮眠をとっても大丈夫だろう」

予定外のパトロールを行ったことで、俺は車内での安全に自信が持てた。

寝る準備のために転落防止ガードを床下から取り出してベッドに固定する。

進行方向横向きに寝るタイプのベッドの寝台列車では、この柵のような物を出しておかないと急ブレーキが行われた時に、投げ出されてしまうことがあるのだ。

俺はソファに白いシーツを敷き、銀のアタッシュケースを頭側に置き、その上に寝台列車に備え付けの薄い枕をのせてゴロンと転がった。

「通路異常なし！　ベッド異常なし！」

最終チェックを指差し確認してから、革靴を脱いでカーテンを閉める。

俺は飯田ほど気楽にはなれないので、浴衣には着替えず鉄道公安隊の制服のままで、ベッドに横になりシーツのかかっていた毛布を上にかけた。

ガタンゴトンという走行音が響き、たまにカーブにかかってガチャンガチャンと連結器が鳴って、車体はギシギシと響いた。

鉄道ファンの旅行なら「眠るのがもったいなくて」眠れないのかもしれないが、鉄道公安隊員ともなれば職場な上に任務中なわけで、そんな気持ちはサラサラ起きない。

目を閉じていたら、知らず知らずのうちに睡魔に襲われてしまう。

目覚めれば……大阪だな。

いつまでも鳴り続く走行音を聞きながら、俺はすぐに眠ってしまった。

◇

足に柔らかいものが触れるような感覚があった……ような気がした。

……なんだ？

最初はそれが夢の中の出来事なのか、現実なのかが分からなかった。

なぜかと言えば、薄暗い俺のベッドに、女の人が入ってきていたからだ。

カーテンを開けることなく、裾をめくるようにしてスルリと足元から入ってきたらしい女の人が、四つんばいでゆっくりと俺の顔へ近づいてくる。

寝台列車のベッドで寝ていたら、女の人が入ってきました。

鉄道公安隊に勤めて以来、そんなバカな話は先輩からも聞いたことがない。

だから、そこで起きていることが夢なのか、現実なのか、しばらく分からなかったのだ。

だが、次の瞬間、それが現実だと気がつく。

このバラのフレグランスの香りは……。

夢で匂いを感じることはない。つまり、これは現実ということだ。

そして、バラのフレグランスってことは、静かに迫ってきている女の人の影は、きっと飯田ではなく咲さんだ。

咲さんは俺の両足の間に膝をいれて、ゆっくりと上半身を体に沿って伸ばしてくる。

こういう時はどうすればいいんだ？

鉄道公安隊に勤めて初めてのことに、俺は頭をフル回転させながら考える。

もちろん、規定などから考えれば「なにをしているんですか？」と聞いて、すぐにでも「勤務中ですので、こういうことは困ります」と向かいのベッドへ戻すのがスジだろう。

だが、現実的にはどうだ。

咲さんは酒も飲んでいないんだから「ベッドを間違えた」なんて話ではない。

ここには俺が寝ていると「分かっていて」入ってきたんだ。

大人の女が男のベッドに勇気を出して入ってきたのに、そこで「なにをしているんですか？」と聞くのは、さすがにヤボというものだ。

俺だって学生時代にいくつかの恋愛はしてきたし、大人の恋愛についても理解しているつもりだ。

確か先輩から「危ないところを助けると、助けた人を好きになる」みたいな話を聞いたことがある。

俺は初対面でなにも知らないが、咲さんに悪いイメージはなにもない。

ここは声を出さずに、しばらく気づかないフリをしておいた方がいいか。

俺が出した答えはこれだった。

もちろん、勤務中の寝台列車で、なにかをしようなんて思っていない。

部下が上で寝ているのだから、そんなことをすれば示しがつかないだろう。

だが、こうして出会ったことは勤務とは関係なく恋愛なのだから、後日ゆっくりと時間をとって話をすればいいことだ。

とりあえずは目を閉じて待っていて、顔と顔が向き合った時に目を開ければいいだろう。

咲さんの香りはグングン強くなり、ついに俺の両肩の脇に左右の手がそっと置かれた。

俺はバレないように、ゴクリとツバを飲み込む。

薄目で見上げると、グレーのオフショルニットワンピースが見え、四つんばいになっていることで、大きく開いた胸元からは大きな乳房の谷間が見えていた。

重力にとらわれたことで、咲さんの胸はさらに大きくなったように映った。

間違いない……咲さんだ。

咲さんの顔が俺の顔の真上にあったが、うまく首に巻いていたのでワンレンの長い髪は顔にあたらなかった。

耳を澄ましていると、咲さんの「スーハー」という深呼吸のような息が聞こえてくる。

高校生なら倒れてしまいそうな甘い匂いが、一気に俺の顔の周りを包み込む。

そして、俺の左肩の横にあった咲さんの右手は、スッと持ち上げたらしく感覚が消えた。

その右手が脇から左胸ギリギリのところを通っていくのが分かる。

そろそろ潮時だな。少しでも手が触れたら目を開くか。

俺は全神経を集中させて待ち構えた。

それは俺の頬へ来るかもしれないし、胸で円を描くかもしれなかったし、さらには一気に下へ伸びてくる可能性もあった。

触られた瞬間に目を覚まして、とりあえず口を塞ぐしかないな。

そう思ったのは、上で飯田が寝ていたからだ。

俺が咲さんへの対応を決めた瞬間だった。

体の上をさまよっていた右手が、一気に俺の体へおろされた。

なっ、なんだ⁉

咲さんの右腕が摑んだのは、俺の顔でも胸でもなく首だった！

しかも、かなりの力で上から体重をかけてくる。

これが男女の間で交わされる恋愛のやり取りではないことは、すぐに分かる。

俺は一瞬で目を開いて、咲さんを見上げる。

「さっ……くはっ……うっ……」

声を出そうにも咲さんが俺の上に馬乗りになって、右手で首を絞めつけているから、咳のような音しか出なかった。

冷静な顔のまましっかりと俺の上に跨った咲さんが、左手も俺の首にギリッと添える。

一気に力が倍になって、気道はグッと圧迫された。


女の人一人くらい跳ね飛ばせるような気がするが、腹に乗っている人間を一気に吹き飛ばすのは割合難しく、バタバタと身をよじるくらいしか出来なかった。

カーテンの方へ転がり出ようと身をよじって試みるが、寝る前に出した転落防止ガードが邪魔になって、ベッドから簡単に出ることも難しかった。

長い時間喉元を圧迫されていたことで、だんだんと脳に酸素が届かなくなって、目で見えている映像にザッザッとノイズが入りだす。

思考もだんだんボンヤリしてきて回らなくなり、ただ、気持ちだけが焦った。

どうする⁉　どうする⁉　そうだ！

俺はまだ動かせる両手で、咲さんの両前腕部を掴んだが驚くほど力が入らない。

それは体勢の問題なのか、首を絞められたことによるダメージなのかは分からなかったが、咲さんの腕を排除することも、殴りつけることも出来なくなっていた。

「ふぐっ……うぅ……うぅ……」

声さえ出せない俺は、必死に咲さんを睨みつけるしか出来ない。

さっ、咲さんは……おっ、俺を殺す気なんだ！

次第に強くなっていく咲さんの両手の力加減から、俺は咲さんの狙いを理解した。

人生で初めて得た感覚だが、それが分かった時は既に手遅れだった。

まったく動じることもなく、咲さんは少し笑みを浮かべながら小さな声で呟く。

「ごめんなさいね。これもお仕事なの……」

しっ、仕事⁉　てっ、鉄道公安隊員を殺すことが⁉

次第に混濁していく意識の中で、俺は咲さんの言っている言葉の意味がまったく理解できずにいた。

もう……ダメだ……。

鉄道公安隊の研修中の柔道の練習中に喰らった「落ちる」という状況だった。

全身の力が抜け、急速に意識が飛んでいく。

最後に見えたのは、咲さんがジッと俺の枕元を見つめていたことだった。

「そんなものを……枕になんてするから……」

途切れそうな意識の中で、咲さんがそう呟いたような……気がした。

首を横へ向けた俺が目を閉じそうになった瞬間、突然バサッとベッドのカーテンがマントのように勢いよく左右に開く。

そして、開いたカーテンの間から黒い棒が鋭く振り込まれ、咲さんの後頭部に思いきり命中した。

ドスッと鈍い音がして、咲さんは「うっ」と声にならない声をあげて白目になる。

その瞬間に俺の首からはスッと力が抜け、空気がサーッと肺に入り込んできたかと思ったら、咲さんは時間が突然止まったかのようにグラリと倒れた。

そのまま俺の体に、自分の体を重ねてのしかかるように倒れ込む。

俺の体が酸素を取り込もうとして、肺を一気に動かしたことで、

「ゴホゴホゴホゴホ……」

と、思いきり咳込んだ。

なっ、なにが……起こった？

俺は次第に回復してきた目に力を入れて細め、早く状況を把握しようとした。

カーテンの方を見ると、そこには紺の制服を着た女の人が立っている。

いっ……飯田？

ベッドとベッドの間には飯田が鉄道公安隊の制服姿で立っていて、右手には完全に伸び切った伸縮式警棒をしっかりと握っていた。

倒れている俺の顔を上から覗き込み、飯田はニコリと笑いかけてくる。

「大丈夫ですかぁ～境君～」

「あっ……ありがとう……飯田」

俺は喉を押さえながら、とりあえず命を救ってくれたことにお礼を言った。

咲さんは完全にノビていて、全身の力が完全に抜けた状態でダラリと俺の上にのっていた。

そこで、とりあえず壁側にゴロンと転がして、俺の腹の上から落とす。

だが、たとえ女の人と言えども、完全に力の抜けた人間は想像以上に重く、俺が思いきり力を出さないと動かせないくらいの重量だった。

俺は殺されかけていたんだから、飯田が「殴ってでも」助けてくれたのはありがたかったのだが、それで犯人を殺してしまっては鉄道公安隊員失格だ。

下から横へ這い出た俺は、最初に咲さんの口元近くに自分の顔を近づけ、呼吸が行われているかをチェックし始めた。

「しっ、死んでないよな⁉」

「一応～研修で習った辺りを狙いましたけどぉ～。人の後頭部を強打するなんてことは、横浜鉄道公安室でもやったことがありませんのでぇ～」

飯田が照れながら、あいそ笑いした。

咲さんの体の各部を調べた俺はホッとする。

「大丈夫そうだな」

俺は額に噴き出していた汗を白手袋で拭った。

後頭部にはコブが出来ているようだったが、幸い鼻からの呼吸は確認出来、手首を持つとしっかりと脈を打っているのが確かめられた。

「よしっ、とりあえず脳震とうを起こしただけって感じだな」

俺は救命についてもかなり講習を受けているので、もし、心肺停止にでもなっていたのなら、すぐに心臓マッサージを行おうと考えていたくらいだった。

飯田が俺の首を指差しながら心配する。

「そんなことより～、境君の方は大丈夫なの～？」

「おっ、俺？」

咲さんのことが気になって忘れていたが飯田に言われると、締め付けられていた首筋がジンジンと痛み出す。

それにしゃべる度に、少し喉も痛く頭痛もした。

頭をブルブルと振った俺は、とりあえず自分のベッドから出て靴を履いて立ち上がる。

倒れるほどではなかったが、少しふらつくような感覚があった。

俺は右手を頭にあてながら、飯田と二人でベッドに気絶している咲さんを見下ろす。

「どうして……咲さんが、俺を殺そうなんて……」

俺は首筋をさすりながら続ける。

「俺は今日初めて会ったのに……」

すると、飯田は枕元を見ながら意外なことを言い出す。

「この人の狙いは、そのアタッシュケースだったみたいですよぉ」

「アタッシュケース⁉」

そう言えば、最後にそんなことを言っていた。

「確かに……咲さんが『そんなものを枕になんてするから……』って言っていたような気がするけど。どうして飯田はそれを？」

「だって、この人最初から、おかしかったじゃないですかぁ〜」

飯田は咲さんの全身を見つめ直す。

「おかしかった？　そうか？」

俺は咲さんが「変だった」なんて、まったく思わなかった。

「そもそも～あんな軽装で寝台列車に乗る人なんていません～？」

「それは荷物を全て、先に送ったと……」

フフッと笑いながら、咲さんの服を指差す。

「こんなにファッションにこだわっている女子なんですよ～。寝台列車で泊まるのに、なにも着替えを持ってこないってことは、ないんじゃないですか～？」

「確かに……言われれば、そうかもしれない」

「パジャマは最低限いるでしょう。それに少なくとも洗面とかメイク道具くらい持ってるものですよ～。女子は基本荷物が多めですからぁ～」

咲さんから目を離した俺は、横に立つ飯田に顔を向ける。

「だから、怪しいと？」

「ど～もこの人、境君を狙っているみたいだったから、起きて見張っていたんですよ。そうしたら……コソコソとベッドに入っていったのでぇ～」

飯田はクスクスと笑っている。

「だったら、その時点で彼女を止めてくれればよかったろっ」

俺は少し怒って腕を組む。

一歩近づいた飯田は、ニヤッと笑って下から見上げる。

「本当に気がついていなかったんですか～境君」

「なっ、なにがだ？」

飯田の言いたいことが、なんとなく分かったおれは顔を赤くしつつ聞き返す。

「自分のベッドに女の人が入ってきていたのを～」

「あっ、当たり前じゃないか」

俺はキッパリ否定したが、飯田はまったく信じていなさそうな目だった。

「そうだったんですか～。いや～もしかして境君も、その人も本気だったら、私が邪魔しちゃうのはヤボだなぁ～と思って」

「そっ、そんなことがあるわけないだろ、飯田」

俺は口を尖らせて強く言ったものの、顔は真っ赤になっていただろう。

「まぁ、最初に『怪しいなぁ』って思ったのは、別のポイントなんですけどねぇ」

「別のポイント？」

背伸びした飯田は自分のベッドに手を伸ばし、だいぶ前に飲んでいた寝台特急「富士」のヘッドマークがサイドに描かれた缶ビールをスルリと取りだす。

「だって～私がおじさん達から～このビールをもらって色々な話をしていたのは、品川から横浜間の3号車にいた時なんですからぁ」

それを聞いた俺は驚いた。

「品川から横浜間の3号車!? それは咲さんが『襲われた』って言っていた場所と時刻か」

飯田はコクリと頷く。

「もちろん、そんなトラブルなんて、まったくありませんでしたからねぇ～」

「だから、最初から『おかしい』と思っていたのか!?」

飯田の醸し出す雰囲気から「ボヤボヤしている」と勝手に思っていたが、そうなっていたのは反対に俺の方で、飯田は鋭い洞察力で咲さんの本質を見抜いていたのだ。

「とりあえず『この人はウソをつく人なんだぁ』って分かっただけですよぉ。なにが狙いなのか分からなかったんですけどねぇ。そもそもウソをついてでも鉄道公安隊員に近づいてくる人は……怪しいですからねぇ」

俺はその時、飯田のもう一つの秘密にも気がつく。

それは飯田の持っていた缶ビールのフタが、まだ開いていなかったのだ。

「もしかして!? 酔っていたのは演技だったのか!?」

飯田はコクリと頷く。

「せっかくおじさん達に頂いたんですけどぉ、さすがに勤務中は飲めませんから～」

「そういうことだったのか……」

ボヤボヤしている間抜け野郎は、完全に責任者の俺の方だった。

「私が酔っぱらっているフリをしていた方が、きっとこの人は『ボロを出しそうかなぁ』と思ってぇ～。ちょっと、お芝居をしてみましたぁ」

口に手をあてて飯田は楽しそうに笑った。

こうなった原因は、もちろん俺が変な期待をしたからだ。

よく考えて見れば、俺が一目ぼれされるなんてことは有り得ない。

そういう冷静な気持ちだったら、咲さんがベッドに入ってきた時点で怪しみ、早い段階で「こういうことは困ります」とキッパリ言い、きっと事件にはならなかったはずだ。

部下から見れば、分かりやすく「班長失格」だ。

俺はしっかりと頭を下げて、飯田に素直に謝る。

「……すまん。俺こそ飯田のおかげで助かった」

ウフフッと微笑んだ飯田は、そんなことを気にする素振りも見せなかった。

「同じ第七遊撃班の仲間じゃないですかぁ～」


その屈託のない笑顔から発せられた言葉に、俺の心の奥にあった物が溶かされた。

俺は責任者として「模範にならなくてはいけない」と、色々と頑張っていた部分もあったのだが、それが結果的には一人で空回りしていただけだ。

それは……きっと……。あの時の俺も同じだったに違いない。

俺は成田室長に言われたことを思い出していた。

今は部下と思わず「仲間」と思えばいいのかもしれない……。

そう思ったら気負っていたものが消え、少し気が楽になった気がした。

「……飯田」

「人間、誰でも失敗しますからねぇ。ドンマイ、ドンマイですよぉ」

胸の前で両手を拳にする飯田と目を合わせた俺は、はにかむように微笑んだ。

気を取り直した俺は、状況を確認し直す。

とりあえず枕元のアタッシュケースを取って、俺は右手に持った。

ベッドにはグッタリとなった咲さんが、あお向けになってゴロンと寝転がっているが、このままにしておくわけにもいかない。

飯田の一撃がかなり効いているらしく、簡単には目を覚ましそうになかった。

「さて……どうするか？」

俺がそう呟くと、飯田は俺の前をスルスルと通り抜け、寝ている咲さんの横に膝をつく。

「アタッシュケースを狙っている奴の正体が、知りたいですよねぇ～」

そう言いながら飯田はボディチェックをするように、足から上へ向かってパンパンと叩くようにしながら両手で咲さんの体を調べだす。

「正体って？　アタッシュケースを狙ったのは、そこにいる咲さんだろう」

「こんな女子が國鉄のリデベロップメント部の書類なんて、必要なわけありませんよぅ」

同性の飯田は遠慮することなく、咲さんの体を触ってボディチェックを続ける。

俺には刺激的すぎるので、少しだけ目をそらす。

「ということは……咲さんは誰かに命令されて？」

「きっと、そうだと思いますよぉ～。あんな手口で殺そうとするなんて、どうみても暗殺のプロとも思えませんよねぇ。多額の借金とかあって『仕方なく』危ない仕事を引き受けたんじゃないかなぁ～」

「そういうことか……」

胸回りをまさぐっていた飯田はピタリと手を止める。

「ここに……なにかありますねぇ」

「なにがあるんだ？」

俺が目を戻したら、そこにはものすごい光景が広がっていた。

飯田はオフショルワンピースの胸元から右手を突っこみ、まるで餅でもこねるかのようにしながら、グイグイと咲さんの胸を調べていた。

さすがにそれを見ているだけで犯罪のような匂いがしてきたので、俺は通路へ出るためにベッドの前を歩いて行く。

「あっ、あとは任せるよ～飯田」

「了解で～す」

俺があと一歩で通路に出ようとした時、白いスーツの上下をノーネクタイで着ている若い男が、3号車のある通路右側からフラリと現れた。

髪は短く刈り込んだ金髪で、簡単に言えば反社会組織のチンピラだ。

「そろそろ仕事は済んだかぁ～」

両手をポケットに突っ込んで歩いてきたチンピラは、俺を見てあからさまに顔色が変わる。

サッと目線をおろして、俺の右手のアタッシュケースを見たのが分かった。

こいつが咲さんに命令した奴か!?

俺から目をそらしたチンピラが、そのまま俺の横を通り抜けようとした。

だが、こういう時にこそ鉄道公安隊員の意味がある。

俺は男の胸の前に、左手を伸ばして窓にドンとつけて、通せんぼをするようにした。

國鉄の敷地内であれば、基本的に誰にでも職務質問……バンをする権利がある。

「ちょっといいか？」

相手は反社会組織の奴と思われたので、俺は高圧的に接した。

左腕に当たる直前で足を止めたチンピラが、ヘラヘラとあいそ笑いを浮かべる。

「なっ、なんすか？　鉄道公安隊員さん。俺、なんもしてないっすよ」

「こんな時刻に、どこへ行く気だ？」

飯田は咲さんを調べながら、俺とチンピラのやりとりをチラチラと見ている。

少し言葉に詰まってから、チンピラはしゃべりだす。

「トッ、トイレっすよ。トイレ」

手を窓から離した俺は、通路へ出てチンピラの目の前に立ち、顎でクイッと後ろを指す。

「トイレは2号車と3号車の間のデッキにもあったろ？」

チンピラは白々しく「あれぇ～」と後ろを振り返る。

「そうでしたっけ～？　こりゃ見過ごしたかなぁ～」

アハアハと笑うチンピラの額からは、スーッと汗が流れていた。

話が進まないと思った俺は、アタッシュケースを男の顔の前にグイッと出す。

「お前が咲さんに頼んだ仕事は『俺を殺してでも、こいつを奪ってこい』ってことだったんじゃないか〜？　おい」

チンピラは俺に気圧されて、後ろへ一歩下がる。

「なんのことっすか？　そっ、そんなことするわきゃないでしょ？」

スッと目を細めた俺は「ほぉ〜」と呟いてから、チンピラを見たまま飯田に言う。

「飯田、咲さんより、まだ意識のあるこいつの体を調べた方が情報がとれそうだぞ」

「本当ですかぁ〜」

咲さんの服をパッパッと整えて上に毛布を掛け、飯田は俺の横へやってくる。

その手には咲さんをやった伸縮式警棒が握られていた。

二人の鉄道公安隊員に見つめられたチンピラの顔からは、汗がダラダラと流れ出す。

飯田は半歩前に出る。

「どうしたんですかぁ？　暖房が強すぎるんですかねぇ」

「列車内だからな。俺達鉄道公安隊員は、乗客の荷物や身体検査を強制的に行う権利を有している。だから、調べさせてもらおうか……お前の体を……」

アタッシュケースを元へ戻して、俺も飯田と並んで半歩前へ出る。

チンピラは顔を小刻みに左右に振りつつ、ゆっくりとバックし始めた。

「いや……その……俺、なんにもしてませんって……」

「だったら、いいじゃねぇ〜か。素直に捜査に協力しろよ〜」

下がれば下がるほど、俺達が間合いを詰めていく。

「そうですよぉ。普通の人なら五分もあれば、すぐに終わりますから〜」

飯田は天使のようにニコニコ笑っているが、その右手には胸の前で斜めにキッチリ構えられている黒い伸縮式警棒が鈍く光っていた。

双方の緊張感がピークに達した瞬間、チンピラはなにを思ったのかクルリと背を向けた。

「うわぁ！ 兄貴――――‼」

そんなことを叫びながら、数メートル先にあったデッキの扉へ向かって走りだす。

俺と飯田は顔を見合わせて「ふぅ」とため息をつく。

こんな寝台列車内で、逃走する意味があるのか？

いくら逃げても七両しか車両はなく、いきなり開放B寝台に飛び込んだところで、俺達の追跡から逃れることなんて出来るわけもない。

そんな状況で「逃走」を選んだチンピラのバカさ加減に呆れたのだ。

ったく、反社会的勢力はいつも世話が焼ける。

「おい！　逃げるなっ」

「そうですよぉ～。こんな狭い寝台列車内じゃ、もう逃げられませんよぉ～」

必死に逃げ出したチンピラがドアを開いてデッキへ飛び込もうとしたので、俺達がダッシュして追いかけようとした時だった。

デッキからグレーのストライプスーツを着た男と、スキンヘッドで龍の刺繍が入ったジャンパーを着た男が、二人揃ってぬぅと顔を出した。

危険を感じた俺は、飯田の前に手を出して立ち止まる。

「待て！　飯田」

「あらぁ～一人じゃなかったんですねぇ。咲さんの仕事を見張りに来ていたのは～」

チンピラは「助かった～」という顔になって、ストライプスーツに言う。

「あっ、あいつが持っているアタッシュケースが、例のブツです！」

必死に右手をクイクイと動かして、俺のことをチンピラは指差す。

「ほうか～。ほな～あの女は、しくじったってこっちゃな」

ストライプスーツはドスの効いた大阪弁を話した。

「そっ、そうみたいっす」

チンピラはさっさと一番後ろへ回ると、ストライプスーツが俺を見つめて呟く。

「他の連中も全員叩き起こして、ここへ連れてこい」

「へい！　分かりました」

チンピラはデッキへ消えて行く。

くそっ、こいつらだけじゃなくて、まだ仲間がいやがるのか？

ゆっくりと客室へ入ってきたストライプスーツは、右手を背中に回して前かがみになりながら近づいてくる。

それがなにを狙っている態勢なのかは分からなかったが、空手や柔道の構えのようだった。

その後ろにスキンヘッドが続く。

こいつらから漂う雰囲気は、チンピラとはまったく違っていた。

その目は完全に据わっていて覚悟が決まっており、俺達が鉄道公安隊員だろうがなんだろうが怯えることなく、戦いを挑んできそうだった。

「なにや～うちの若いもんが、世話になったみたいやなぁ」

あの見えない右手に握っているのは、もしかして……。

嫌な予感がした俺は、飯田に目で合図しながら後ずさりしていく。

「ちょっと、お話を聞かせてもらおうと思ったんですけどねぇ」

今度は俺達の方が後退りするハメになる。

「そんなことやったら、わしが代わりに答えてやるでぇ、鉄道公安隊員の兄ちゃん」

「そうか。じゃあ、聞かせてもらおうか」

「なんや〜なんでもしゃべったるでぇ」

ストライプスーツは、舌を少し出してペロリと唇を舐める。

俺達は咲さんの寝ているベッドのある部屋を越えて、ゆっくりと2号車の中間付近まで下がった。

ストライプスーツは、つかず離れずで約五メートル前にいた。

俺は窃盗犯なんかを確保した経験はある。

その経験から「これは荒れる」ということが、肌感覚で直感していた。

周囲にはカーテンの閉まっている寝台がいくつかあったが、通路での騒ぎは分からなかったようで、誰も顔を出さなかった。

ここで戦うわけにはいかない。

殴り合いなら問題ないかもしれないが、男が腰に隠し持っているものは、それだけではない可能性があったからだ。

得物はなんだ？　ナイフか、ドスか、伸縮式警棒のような物か……。

それによって、こちらの対応が変わる。

俺はストライプスーツの動揺を誘うために、少しカマをかける。どうして、このアタッシュケースを狙っているのか」

「じゃあ、聞かせてもらおう。どうして、このアタッシュケースを狙っているのか」

男はバカにしたようにフッと笑う。

「そらぁ〜それを欲しがっとる客がおるからや」

「客がいる？」

「せや〜それを持っていったら、ごっつい高い値段で買うてくれるんや」

「誰だ！　それは」

大きな声で言うと、ストライプスーツは呆れた顔で左右に振る。

「そんなもん言えるかいな。わしらの世界にかて『秘守義務』ちゅうもんはあるさかいなぁ。こんなところでペラペラと客の話が出来るか」

飯田が「はぁ〜ぁ」と呟いて、残念そうな顔をする。

「な〜んだ。結局大したことは、しゃべってくれないんですねぇ〜」

「まぁ、うちの業界は、口が固いのが大事やからなぁ」

「じゃあ〜いくらくらい儲かるのか、教えてもらえます〜？」

腹が据わっているっていうのか、極端なマイペースっていうのか……。

　こういった状況でも雰囲気の変わらない飯田に、俺は少し感心する。

　微笑んだストライプスーツは飯田を見る。

「なんや変なことを聞くねぇちゃんやな」

「聞きたいことはしゃべってくれなさそうだからぁ～。別なことならいいのかなぁ～って」

　男は左手の人差し指を三本立てて見せる。

「まぁ、これくらいや」

「へぇ～三十万円かぁ」

　飯田に向かって、ストライプスーツが間髪入れずに返す。

「アホかっ！　三億や、三億！」

　そのものすごい金額には、さすがに俺も飯田と一緒に驚いてしまう。

『**三億円!?**』

　手にしている物が「三億円」もすると聞いて、俺は改めて見直す。

「このアタッシュケースが、そんな価値があるものなのか……」

「せやなかったら、ここまで兵隊ぎょうさん放り込んで必死になるかい」

　左手を横に広げた男は、再び構えを戻して続ける。

「まぁ、ブツには『アタリ』『ハズレ』があるさかい。そいつが必ず三億円になるかどうかは、まだ分からへんけどなぁ」

どういうことだ？　ブツに「アタリハズレがある」っていうのは？

俺が考えていると、飯田が聞き返す。

「この中身はなんなんですかぁ～？」

ブッと少し吹き出した男は、情けないものを見るような顔をする。

「さすが國鉄の木っ端警官やなぁ。中身も知らんと運んどるんかいな？」

その言い草に、俺は少しムカつく。

「黙れ！　大きなお世話だっ」

横で飯田がフンフンと頷く。

「私達は真面目な鉄道公安隊員ですからねぇ～」

「まぁええわ。そろそろ話は終《しま》いや」

ピタリと足を止めたストライプスーツは、躊躇することなく右手をサッと前へ出す。

「追いかけっこは、ここで止めさせてもらおうか」

その右手に握られていたものを見て、俺は内心で驚き息を飲んだ。

俺と一緒に飯田も反射的に足を止める。

くそっ、銃を持っていやがったのか……。

ストライプスーツが右手に持っていたのは、鈍く黒く光るリボルバーだった。

口径は9ミリでバレルは2インチ程度と短く、シリンダー形状から五連発なのが分かる。

銃器メーカーまでは分からない。形はアメリカのリボルバーのようだが、こういう連中が持っているものなら東南アジア製のコピー品だろう。

しかも、後ろにいたスキンヘッドまで、同じタイプの銃を構えて俺達に向けてきた。

そして、研修中に受けた講義の中で、教官から「最初から武器が出てくる時は危険だ」ということを教えられていた。

こういう時の犯人は、犯罪を起こすことに躊躇していないということだからだ。

だが、これで逮捕する理由は出来た。

「よしっ。銃砲刀剣類所持等取締法違反で、お前らを逮捕する！」

だが予測通り、そんなことで男達はまったく動揺しない。

「おぅ～逮捕出来たらなぁ」

「大した自信だな。こっちは警察権を持つ鉄道公安隊だぞ」

「わしもこの世界は割と長いからな。これで飯《めし》喰っとる以上、ちょっと木っ端警官が出てきたくらいで『ほな諦めますわ』とは言えんなぁ」

ストライプスーツは右手一本だったが、それでもしっかり銃口は俺の腹に向けていた。

距離にして五メートルであれば、慣れているなら外すことはない。

なんとかこいつの銃撃を避けたとしても、もう一人から発砲されるだろう。

それに最も問題なのは、この周囲にはなにも知らずに寝ているお客様がいることだ。

万が一発砲されて壁に跳弾でもしたら、流れ弾がどこに命中するか分からない。

男は空いていた左手を前に出す。

「そのアタッシュケースをこっちへ渡してもらお～か」

俺は右手を後ろへ回してアタッシュケースを隠すようにしながら、飯田しか見えない位置で右手を小さく前後にクイクイと動かした。

「俺は國鉄に飯を喰わせてもらっている身だからな。チンピラが二人来たくらいでぇ……」

一歩前にバンと踏み込んだ俺は、銃を構える二人の男を睨みつけて叫んだ。


「任務を投げだせるかっ‼」


俺がさっき送った鉄道公安隊のハンドサインに従って、飯田と歩調を合わせて「急速に後退」を始める。

俺達の突然の動きに、ストライプスーツがほんの少し怯む。

「なっ、なんやと⁉」

その瞬間を飯田は見逃さなかった。

「そうですよねっ！」

右の手首に思いきりスナップを利かせて、飯田はコンパクトに振り切る。

そして、躊躇することなく、伸縮式警棒を投げつけた。

グルグルともの凄い勢いで回転した飯田の伸縮式警棒は、五メートルを瞬時に飛びストライプスーツの右腕に命中する。

キンッと甲高い音が車内に響き、伸縮式警棒はサイドへ弾け飛んだ。

その瞬間、男は「うっ」と唸って顔をしかめ、痛さのあまりに右手が思わず開いてしまう。

その動きによってリボルバーが右手から滑り落ち、ストライプスーツの足元にカラカラと転がった。

俺と飯田はその瞬間を狙って振り返り、2号車の通路を全速力で駆けだす。

背中にストライプスーツの声があたる。

「逃がすなっ。早っ、撃たんか～い‼」

きっと、スキンヘッドに言っているんだろうが、恐らく人に向けてすぐに銃を撃てるような奴は日本にはあまりいない。

スキンヘッドは「咲さんからアタッシュケースを受け取る」程度の覚悟で寝台急行銀河に乗っただけで、今日「人殺しをする」とは夢にも思っていなかっただろう。

いくら反社会組織の一員だとしても、いざとなったら躊躇してしまうものなのだ。

そして、十メールもない通路を駆け抜けるのには、一、二秒もあれば十分。

ストライプスーツが床に落ちたリボルバーを拾い、スキンヘッドが俺の背中に照準を合わせようとしている間に、俺と飯田はドアにタックルをして押し開き、1号車と2号車との間にあるデッキに飛び込んだ。

そこでやっと、スキンヘッドは決意した。

パンと乾いた短い音が響き、俺達のいるドアの上部にキンと命中する。

そこで振り返った俺は「よしっ」と思いついてドアを引いて閉めた。

そして、腰のホルスターから急いで手錠を取り出すと、一方を斜めについているドアハンドルに引っかけ、もう一方を乗降用についている乗車口の手すりにしっかりハメた。

こうすれば手錠がドアチェーンのようになり、ドアは簡単には開かない。

「ナイスアイデア！」

飯田が右の親指を上げてニヒッと笑う。

そこへストライプスーツ達がなだれ込んできた。

勢いよくドアを開こうとしたが、手錠が邪魔になってすぐにガッンと止まる。

「くそっ、なんで開かへんのや！」

なん度か体当たりをしてから、ストライプスーツは手錠がかかっていることに気がつく。

少しだけ開いていたドアのすき間から、俺は二人を覗き込んだ。

「鉄道公安隊特製の手錠だからな。そんなことくらいじゃ開かないぞ」

俺が余裕の顔で微笑んだら、ストライプスーツはキッと眉間にシワを寄せた。

「お前っ！　ぶっ殺したるぞ」

開いていた五センチほどのすき間に、ストライプスーツは銃を入れ、俺に向けて迷うことなくトリガーを引いた。

俺は咄嗟に身を屈める。

パン！

割と小さな射撃音が響いて、俺の頭上を銃弾が通過してデッキのどこかに命中した。

「そんなところにいないでぇ〜。下がった方がいいですよぉ〜」

すでに1号車まで後退していた飯田が、クイクイと右手を振る。

「そうだな……」

俺はドアのすき間から狙われない位置に回り、姿勢を低くしながらデッキを渡る。

飯田と合流してからドアの様子を伺うと、ストライプスーツは激怒していた。

「こいつをどうにかせんかい！」

そう叫びながら、ひたすらにガツンガツンとドアを蹴りまくる。

「そっ、そんなこと言われましても……」

弱気な声で答えたスキンヘッドは、ドンドンと扉を叩きまくる。

だが、さすがは「車両が丈夫なところが取り柄の國鉄」。二人の男が力任せに蹴ったり押したりしたくらいでは、ドアハンドルも手すりも外れなかった。

ついに頭に来たらしいストライプスーツは、

「うらぁぁぁぁ‼」

と、叫んで手錠の鎖部分を撃った。

パンと音と共に火花と白煙が見えたが、あまり効果はなさそうだった。

「そんなぁ～ドラマじゃあるまいし～」

飯田は「フゥ」と小さなため息をつく。

「銃撃じゃ、手錠は切れないだろう」

鎖を万力などでしっかり固定して、銃口と接触させるくらいの至近距離から撃てば、もしかすると切れるかもしれないが、実際にはしっかり固定することは難しく、弾が鎖を弾いてしまうのだ。

それでも納得いかないストライプスーツは、パンパンとさらに撃ち込んだ。

もう一回トリガーを引いたところでカチンと鉄が鉄を叩くような音が鳴り、それで全ての弾薬を使い切ったことに気がついたようだった。

俺はそんな二人を見ながらぼやく。

「諦めの悪い奴だ」

「まぁ、三億かかっていたら～、諦めも悪くなるんじゃな～い」

飯田は右手を三本立てて微笑む。

「三億で人間が変わってしまうってことだな」

俺達はいつまでもドカドカとドアを叩いている二人を見ながら呆れた。

だが、状況の変化は、いつもこちらの予測を超えていく。

突然、ドアの向こう側に十数人分と思われる足音がドドドドッと響いた。

ドアのすき間から口々に「若っ！」「若っ！」と呼ぶ声が聞こえてくる。

「あぁ～さっきのチンピラみたいなのが、確か応援を呼びに行っていたよねぇ～」

飯田がそっとデッキ越しに、手錠が掛かっていたドアを見つめる。

一瞬の沈黙のあと……突然大きな声が響く。

『せいやぁぁぁぁぁぁ‼』

　次の瞬間、今まで守られていたドアがグワッとこちらに大きく膨らみ、さすがに耐えきれなくなり、ドアハンドルからビスが一本カランと落ちた。

「これはヤバイな……」

　ドアの向こうでなにを始めたのかは詳しく分からなかったが、どうも十数人の力を合わせてドアにタックルのようなものを仕掛けているようだった。

　きっと、車掌にも2号車の騒動は、なんらかの形で伝わっているとは思うが、反社会組織の仲間が邪魔しているのか、こうした動きを止めにはやって来ない。

　俺達鉄道公安隊員でも逃げ回るしかない相手に、車掌一人で反撃するなんてことはムリというものだろう。

「これは時間の問題ねぇ～。どうする～境君」

　俺は1号車の通路を指差す。

「もっと、前へ逃げるぞ」

「残念ながら、そうするしかなさそうねぇ」

　俺はアタッシュケースを抱え直して、飯田と共に1号車の通路を走り出す。

　1号車は開放A寝台と呼ばれるタイプなので、通路は車両の真ん中にあって進行方向と平行して並ぶ二段ベッドが左右にあった。

だが、逃げられるとは言っても、たったの二十メートル後退しただけだ。

あっという間に、1号車の端のデッキに達してしまう。

一番先頭は貫通扉になっていて、その窓からはさらに前方に連結されている電源車の國鉄カニ24形の三枚の後部窓が見えていた。

その手前には乗務員室の扉が通路を挟んで左右にあったが、乗務している唯一の車掌は最後尾を使用しているので、室内は灯りが消されていて真っ暗だった。

デッキまで逃げ込んだ俺と飯田は、壁に肩をつけて通路から後方を窺う。

俺達は完全に追い詰められてしまった。

あれだけの人数を相手に乱闘しても、俺達に勝ち目は1%もない。

必死の飯田の横顔を見た後、俺は視線を落としてアタッシュケースのハンドルを持つ自分の手をじっと見つめて考える。

……ここはアタッシュケースを渡すべきじゃないのか?

俺だけならいいが飯田のことを考えると、そうしておくべきではないかと考えた。

もちろん、自分達の任務を放棄して、反社会的勢力なんかに渡したくはない。

だが……最も大事なのは「部下の命を守れるのか?」だ。

意地を貫いたことで命を失ったり、取り返しのつかない大ケガをさせてはいけない。

そんな事態になるくらいなら、責任者として素直に任務放棄をすべきだ。

苦い過去の経験がトラウマになっている俺は、そう思ったのだ。

意を決した俺は顔をあげて飯田に話しかける。

「飯田……」

そこで飯田を見た俺は、目が点になるほど驚いた。

「なんだそれは⁉」

壁に背中をつけた飯田が両手で持っていたのは、アメリカ軍などでも正式拳銃として採用されている45口径のオートマチック拳銃ガバメントだった。

確か「リボルバーの後継機として」鉄道公安隊に、ガバメントが十数丁入っているようなことは聞いていたが、俺は東京中央公安室では見たことがなかった。

飯田は頭に「?」を浮かべて、「うん?」と首を傾ける。

「境君が言ってたんだよね？　『第七遊撃班の連中には、なんでも出すようにって。成田室長の許可はもらっている』って～」

心底驚いていた俺は、強い言葉で言う。

「確かにそうは言ったが！」

「でしょう〜？　だから、装備課に言って〜『一番弾数の入る銃くださ〜い』って言ったら、装備課の担当者も『はい、成田室長から聞いていますから』って、このガバメントを二つ返事で貸してくれたよぉ〜」

飯田は屈託のない笑顔で微笑んだ。

それにしても、少しは疑問に思わなかったのか⁉　装備課。

装備課も担当者は男だったからな。きっと、飯田の笑顔に魂を抜かれたな。

男に対して飯田は凄腕の催眠術師のようだった。

「しかしなぁ――」

渋る俺の言葉を、飯田はスッと真面目な顔になって遮る。

「来るよっ、境君！」

「おうっ」

俺は反射的にホルスターからリボルバーを抜き、両手で顔の横に立てて構えた。

「飯田、射撃は許可するが、やり過ぎるなよっ」

「そんなの分かってるってぇ。殺さなきゃいいんでしょう〜」

「いや、大ケガもさせるな」

「じゃあ〜頭と胸は撃たないようするよぉ〜」

本当に分かっているのか⁉

銃を構えた飯田は、なぜか今まで見せたことのないような笑みを浮かべていた。

飯田は左手でスライド後部を持って、後ろへガシャンと引いて初弾を薬室へ送り込む。

スライド後部にあるハンマーが倒れ、これで射撃準備が整う。

ここは戦うしかないか……。

俺も覚悟を決めて、リボルバーのハンマーをガシャリと後ろへ引く。

その瞬間、1号車と2号車の間のデッキからバァァァァンと大きな音が響いた。

それはドアが完全に打ち破られた音だった。

こっちへ突っ込んで来るっ‼

「行け！　行け！　行け！　行け！」

そうわめき散らすストライプスーツの声が聞こえ、足音がドドドッと迫ってくる。

すぐに一人目の男が1号車の通路に、なにも考えずに足を踏み入れた。

その瞬間、飯田はスッと通路に半身を出して、肩幅に足を開いてガバメントを構える。

そして、グッと親指に力を入れて、グリップセーフティを押し込みながら躊躇することなくトリガーを軽く引いた。

ズタァァン‼

男達が撃っていた銃よりも、はるかに大きな銃声が1号車に響き渡る。

瞬時に二十メートルを飛んだ弾丸は、通路の真ん中に堂々と立っていた男の頬ギリギリのところをすり抜けた。

男は銃弾が顔の横をすり抜けた通過音で、初めて自分が銃撃を受けたことを知った。

「ぎゃぁぁぁ!!」

弾丸が頬を掠った男は断末魔の叫びをあげながら、両手で頬を押さえて床をゴロゴロと転がる。

命中しなくとも、初速が毎秒二百五十メートルという高速の弾丸が、肌の近くを通り抜ければカミソリのように切れるし、普通の服なら瞬時に裂けてしまう。

そして、激しい裂傷というのは、大人でものたうち回るくらいに痛い。

大量に血が噴き出すこともあって、もの凄い勢いで戦意を喪失してしまう。

もちろん、そんな男が転げ回っているのを見る方も同様だ。

「うっ、撃ってきやがった――!!」

叫んだ男が後ろへ下がろうとしたが、後ろからは仲間たちが詰めかけてきていたので、それは将棋倒しを誘う。

1号車と2号車の間のデッキで四、五人の男たちが将棋倒しでバタバタと倒れ、残った連中も逃げ惑うばかりで右往左往し始める。

そこへ向かって、飯田は容赦なく弾を撃ち込む。

ズダァアン‼　ズダァアン‼

一発は屋根の蛍光灯を叩き割り、一発はデッキにあった洗面所の鏡を撃ち砕いたのでガシャンと大きな音が鳴り響き、天井からは細かい破片が降り注ぐ。

「殺す気や――‼」「やつら容赦ねぇ‼」「下がれ！」

男達は突然受けた銃撃に狼狽し、体勢を低くして1号車からモゾモゾと逃げ出す。

さすがにこうもあちらこちらに弾丸を撃ち込まれては、いくら反社会組織の連中だとしても恐怖に耐えられず、身を隠しながらデッキまで逃げ戻った。

そこで飯田はサッと壁に隠れる。

「これでとりあえず膠着状態になったねぇ」

「いいのか？　膠着状態で」

俺は奴らが入って来ないか、チラチラと通路を見ながら聞き返す。

「まずは、こっちは時間を稼がないと～」

腕時計で時刻を確認したら1時47分だった。

寝台急行銀河は速度を落とし、ゆっくりと走行し始めた。

耳を澄ますと、ストライプスーツが後ろで、ギャーギャー喚いているのが聞こえてくる。

飯田は改めて銃を構え直して、恐ろしいことを呟く。

「あいつら～全員で一気に突っこんで来るかも～」

「全員で突っこんでくる⁉」

「このままじゃラチが開かないし、こんなに騒ぎを大きくしちゃったから、これ以上時間もかけていられないからねぇ」

俺は「フゥ」と息を吐いて頷く。

「さすがに車掌も名古屋《なごや》鉄道管理局に、通報しているだろう」

「ってことは……鉄道公安隊が乗り込んでくるのは、名古屋くらいになるってことよねぇ～」

「だったら、一気に勝負をつけに来るってことか？」

飯田は通路越しに頷く。

「そういうこと～」

その時、キィィインとブレーキ音がして、寝台急行銀河がホームに停車する。

「静岡か……」

各客車の扉がガシャンと開いたのが合図となる。

そこからはスローモーションのように感じた。

『うおぉぉぉぉぉ‼』

武士のカチドキのような声が響き、再びドドドッと足音がこっちへ向かって迫ってくる。

通路から見ると、ローマ軍の突撃のような勢いで、反社会組織の連中が束になって通路を我先にと突撃してくる。

さらに突撃を援護するようにパンパンと銃声がしたと思ったら、こちら側のベッドに命中してキンキンと嫌な音が鳴って火花が散った。

「やるぞっ、飯田！」

ここで押し込まれるわけにもいかないので、俺はリボルバーを出して射撃を開始する。

ダァアン‼　ズタァアン‼　ダァアン‼　ズタァアン‼　ダァアン‼

リボルバーとガバメントの銃声が交互に響き、１号車内は映画で見た戦争の激戦地のような様相になっていく。

薄暗い車内を双方のマズルフラッシュが、カメラのフラッシュのように照らし、光のあたった男たちのシルエットは、まるでコマ送りのフィルムのよう。

一生懸命にダッシュしているのだろうが、その走りは止まっているようにも感じた。

俺は両手でリボルバーを支えて、必死になってトリガーを引く。

もちろん、勤務中に銃を使用するなんて、入社以来初めてのこと。

男らに当ててしまうのが怖かった俺は、しっかり狙うことが難しく少し上へ向けて撃ったが、飯田は遠慮することなく全て男らの体ギリギリの所へ撃ち込んでいた。

飯田は細腕の華奢な体つきなのに、なぜか銃は驚くほど安定させている。

一回トリガーを引くたびに銃口からはオレンジのマズルフラッシュの光が放たれ、炸薬の勢いで後退したスライドが薬莢を排出して、再びハンマーを発射位置に倒す。

スライドが戻るタイミングで次弾薬が、マガジンからせり上がり薬室へ叩き込む。

オートマチック拳銃は、こうした動きで連続しての銃撃が可能になる。

飯田は相手からの銃撃や跳弾に怯むことなく、堂々と立ったまま連続で射撃を続けた。

太もも近くを撃たれたスキンヘッドは「あぁぁ‼」と絶叫しながらガクリと通路に倒れ込み、腰の横を弾丸が通り抜けたチンピラは「ぐふっ」と目を見開いてうずくまった。

そんな飯田の射撃を見ながら、俺は感動していた。

飯田の射撃の腕はすごい！

俺も研修で射撃訓練はやったことがあったが、成績はせいぜい「普通」程度で狙ったところに弾を集めるのがとても難しかった。

もちろん、こんな状況下で、標的のギリギリ近くを狙うなんて絶対にムリだ。

だが、飯田は射撃訓練かビデオゲームをしているように、次から次へと迫ってくる男達に向かって正確に銃撃を浴びせかけていた。

自分も射撃の難しさを知っているだけに、そんな飯田の凄さに感動したのだ。

そんな激しい銃撃戦は数時間のようにも思えたが、たぶん、実際の時間は一、二分といったところだろう。

その短い時間の中で、飯田は四人の男を撃退することに成功していた。

1号車の通路は、俺が今まで見たことのない地獄絵図で、まさに阿鼻叫喚！

男どもの叫び声や痛みに苦しむ声が、大合唱となっていた。

先頭を走っていた連中が五メートルも進まないうちに、次々とそんな風になってしまっては、さすがに後ろに続く連中の戦意も砕けてしまう。

誰も死ぬ気でここへやってきたわけじゃない。

一人がサッと近くの開放A寝台下段ベッドへ転がり込んだことで、残りの四人くらいもベッドに潜り込んで隠れてしまった。

一番奥に残っていたストライプスーツは銃を持っていたが、さすがに予備の弾薬までは持ってきていなかったようで、デッキに身を隠したまま地団駄を踏むだけだった。

一瞬の静けさが1号車内に漂った時、時間の流れが普通に戻る。

ガシャンと大きな音がして、ガバメントのスライドが後ろに下がったままでストップする。

これはマガジンに入っていた七発の銃弾を全て撃ち尽くしたということだ。

すまなそうな顔の飯田は、頬を赤くしながら「テヘ」とかわいく舌を出す。

「ごめんねぇ〜。全弾撃ち尽くしちゃったぁ〜」

飯田はスライドリリースボタンを押してスライドを元の位置に戻し、マガジンリリースボタンを押して少しマガジンを落としてから、トリガーを引いてハンマーを元に戻した。

やばい、俺のリボルバーだって残弾は、もうないはずだ。

これで残った連中に、一気に押し込まれたら……。

焦った俺は奥歯を噛んだ。

静岡駅に二分程度停車していた寝台急行銀河は、なにごともなかったかのように、各車のドアがパタンとゆっくり閉じた。

連絡がとれない以上、車掌の方はどういう状況なのか分からない。

反社会組織の仲間が乗務員室に押しかけていて、車掌を脅して発車させたのかもしれないが、乗務員室に立てこもった車掌が、名古屋鉄道管理局の指示でこうしたのかもしれない。

電気機関車に牽かれる寝台急行銀河は、静岡駅を本当にゆっくり出発していく。

俺達の任務は「反社会組織の撃滅」じゃない。

そう思った俺は、クルリと振り返って飯田に向かって叫ぶ。

「来い！　飯田」

「えっ⁉　どうするの？」

タタッと走った俺はポケットから一本の鍵を取り出し、乗務員室のドアの鍵穴に突っ込む。

國鉄全車両の扉共通の「忍鍵」によって、乗務員室の鍵は簡単に開いた。

この鍵は防災のために、車掌や鉄道公安隊の班長クラスなら、常に携帯しているのだ。

ドアを開いて中へ飛び込んだ俺は、そのまま乗務員室を通り抜けて外側のドアの鍵を内側から開けて手前に引いた。

すでに静岡を発車していたので、ホームが前から後ろへ流れていくのが見える。

俺はすぐ後ろに迫っていた飯田の腕を摑んで、グイッと前へと押し出して叫んだ。

「飛び降りろ！」

「えっ、えぇぇぇぇぇ～‼」

悲鳴をあげた飯田の背中を問答無用でドンと押す。

飯田は「きゃっ」と小さく叫んでから、ホームへ向かって飛び出した。

ホームに足をとられたが、うまくバランスを取って立ち止まるのが見えた。

すぐに走行速度が上がり、ホームがもの凄い早さで流れ出す。

「こらぁ～逃げんなぁ――‼」

ストライプスーツが部下と共に、すぐ後ろに迫ってきた。

「南無三！」

俺は祈るように右手を胸の前で立ててから、思い切って床を蹴った。

これだけは守らないと……。

両手でアタッシュケースを抱きかかえた俺は、体を丸めるように力を入れた。

フワッと前へ飛び出したが、列車の前進するエネルギーが加わって斜め前へ飛び出す。

空中を飛んでいる時はよかったが、着地した瞬間にグラリと天地が回りゴロゴロとホームを横転して、最後にはホームのベンチに思いきり肩をぶつけた。

俺が「痛っ」と顔をしかめる横を、寝台急行銀河が勢いよく通り過ぎて行く。

俺達が飛び出してきた乗務員ドアの前には、ストライプスーツと部下らが詰め掛け、ギリギリのところで立ち止まり、こちらを睨みつけていた。

さすがのストライプスーツも俺が飛び降りた時よりも、さらに速度が上がった列車から飛ぶ勇気はなかったようだ。

「くそっ！」

そう叫んだストライプスーツは、他の部下が持っていたリボルバーを奪い取り俺へ向ける。

その距離は約十メートル。

やばい！　撃たれる。

着地のダメージで動けなくなっていた俺は、ジッと見つめることしか出来なかった。

「死ねや――――!!」

振り返りながら俺に狙いをつけた、ストライプスーツがトリガーを引く。

だが、その瞬間に響いた銃声は、リボルバーとは思えない大きなもの。

ダカァ――――――――ン！

予想外の攻撃に、男は顔を歪めながら叫ぶ。

「うぁぁぁぁぁ‼」

前からの強い衝撃を受けたストライプスーツは、部下と共に背中から車内へ倒れていく。

ストライプスーツが持っていたリボルバーは、手から離れドアから外へ放物線を描きながら落ちていくのが見えた。

なにが起きたのか分からなかった俺は、目を開いて列車を見送るしか出来なかった。

あっという間に最後尾の7号車が通り過ぎ、名古屋方面へ消えて行く赤いテールランプの間に、星空をバックに黄色で「銀河」と書かれているテールマークが見える。

俺がベンチに手をつきながら振り返ると、後ろからガシャンと音がしてカラカラとプラスチックが床に落ちて転がるような音が続いた。

音のした方を振り返ると、五能がライアットガンを両手で持って立っている。

ストライプスーツの男を撃ったのは、五能でライアットガンを使用したようだった。

タタッと走り寄った飯田は、五能とパチンとハイタッチする。

「遅かったじゃな～い、五能さん」

五能は両手でライアットガンを構えて見せる。

「こいつの準備に手間取ってな」

「どうしてここにいたの？」

「乗り遅れそうになったから、東京22時48分発静岡行の最終のこだまに乗ったんだ。寝台急行銀河を追い抜いて乗り込むことが出来るのは、この静岡だったからな」

「そうだったのねぇ」

排莢されたショットシェルを五能は拾う。

「2号車に乗ろうとホームにいたら、静岡に到着した瞬間に車内から銃声だ。嫌な予感がしたので乗り込まずに待っていたら、お前らが飛び出して来たというわけだ」

「割と大変だったのよ～これが～」

そうとはまったく思えないトーンで飯田は言う。

五能はスッと目線を下げて肩を落とす。

「そうか……それは残念なことをしたな」

「そうだよ～。せっかくのドンチャン騒ぎだったのにぃ～」

いつも通りの屈託のない笑顔を飯田は見せた。

飯田は銃撃戦でのショックなどはまったく受けておらず、五能においてはそこに加われなかったことが本当に残念そうに呟いていた。

俺には魔物か猛獣同士の会話のように聞こえた。

やっぱりグランドスラムだな……この二人は……。

そこで、五能が俺を見た。

「大丈夫か？　境」

まったく笑みを見せない五能を俺は見上げる。

遅刻して寝台急行銀河に乗り遅れるわ。

ライアットガンを装備課から持ち出してきているわ。

静岡のホームで発砲するわ……。

ったく、色々な意味で頭が痛くなってくる連中だ。

ただ、この二人がいなかったら、俺は死んでいたこともよく分かっていた。

すごい奴らと仲間になったもんだ。

俺の心には小さな信頼感が芽生えていた。

「大丈夫だ……けどなっ」

フッと笑いながら立ち上がると、五能は首を傾げる。

「けどなんだ？　どこかケガでもしたのか」

「そういうことじゃない」

五能はほんの小さく右の口角を上げる。

「であれば、よかったじゃないか」

俺は五能にもしっかりと頭を下げてお礼を言う。

「ありがとう、五能。おかげで命拾いをした」

静かに両目を閉じた五能は、すっと開いて呟いた。

「礼を言われるようなことじゃない。同じ第七遊撃班の仲間じゃないか」

その鋭い眼差しに俺は安心感を覚える。

「そうだな……」

少し肌寒さを感じる静岡のホームで、二人を見つめる俺は胸を熱くしていた。

ＡＡ０５　任務を遂行せよ

定通

第七遊撃班の3人は、深夜の静岡駅4番線ホームに立っていた。

「静岡の鉄道公安隊は、もう退勤しているだろう」

寝台急行銀河の車内でのことを報告しようと思ったが、静岡くらいの駅の鉄道公安室では夜に詰めているような人はいないはずだ。

あれだけの騒ぎを車内で起こしたのだから、名古屋鉄道公安隊に対しては車掌からなんらかの報告が入っているはずなので、そっちは任せておけばいいだろう。

こちらも任務遂行中の身だから、今から名古屋で事情聴取を受けたくはない。

そんなことをしていたら、明日の朝まで荷物を届けることが出来なくなってしまう。

寝台急行銀河車内で銃撃戦なんて、理由がなんであれ絶対に始末書ものだから、國鉄大阪鉄道管理局庁舎に荷物を届けてから、成田室長の判断を仰ごう。

静岡駅にお客様は誰もいなかったのでひっそりしていて、ホームに沿って真っ直ぐに並ぶ蛍光灯と自動販売機だけが煌々と輝いている。

ホームには古いレールを加工して作った支柱に支えられた、波型のトタン屋根がかかっていて、屋根から吊られた大きな時計は1時55分を示していた。

さっきまで逃げることに必死だったから忘れていたが、そこで、俺は五能にライアットガンで撃たれたストライプスーツの男のことを思い出す。

「そうだ、あいつら大丈夫なのか？」

散弾を喰らって、大きなケガをしたのではないかと思ったのだ。

ライアットガンは小さな弾を詰め込んだショットシェルを使用する。

そもそも猟銃として使用されていた銃なので、スズメを狙う小さな弾が大量に入っているものから、スラッグと呼ばれる一粒まで弾薬には多くの種類がある。

対人用で使用するものは、弾が十数粒から数粒入ったシェルを使用するのが一般的だ。

もちろん、そんなものをまともに喰らったらタダではすまない。

五能は顔色を変えずに冷静に呟く。

「大丈夫だ」

「どうして、そんなことが言える？」

ポケットから白っぽい半透明のシェルを一発取り出すと、それを俺へ向かって投げる。

パシンと受け取った俺は、右の手のひらに置いて見つめた。

シェルの先端は赤いゴムでフタをしており、横から見ると中央にガーゼのようなものが入っていて、一番底には雷管と共に金のメタルヘッドで閉じられていた。

「なんだこれは？」

さすがに俺も使用することのない、ライアットガンの弾の種類まではよく知らない。

「ビーンバッグ弾だ」

「ビーンバッグ弾？」

飯田が「あぁ～」と声をあげ、左右の手をジャグリングみたいに動かす。

「簡単に言うと『お手玉』みたいなのが発射されるシェルでぇ、その白い小さな布の中に9番の鉛玉が詰めてあるんですよぉ」

「お手玉？　それを喰らったら相手はどうなるんだ」

俺が聞き返すと、飯田は右手をフワッと広く。

「飛び出した瞬間に布がフワッと広がってぇ、そのまま標的にドンと命中しますよ」

飯田の説明を聞いても、どれくらいの効果があるのかよく分からない。

「……だから大丈夫ってことなのか？」

「命中すれば『筋肉のけいれんなどを引き起こして足を止めるくらい』って聞きましたよぉ。だから、胸くらいなら大丈夫じゃないですか～」

「……そうか」

俺を殺そうとしてきた奴だが、殺してしまっては目覚めが悪いので少しホッとした。

俺は五能へ向かってシェルを投げ返し、改めてライアットガンを見る。

「それも装備課から借りてきたのか？」

五能は真っすぐに俺の目を見たまま冷静に答える。

「境が言っただろう。『第七遊撃班の連中には、なんでも出すように成田室長の許可はもらっている』と……」

二度目なのでショックは小さい。

「確かに……俺はそうは言った」

肩をガクリと落とした俺は、責任者の発言は注意しなくてはいけないことを痛感する。

「だろう。だから装備課に『一番威力のある銃を出せ』って話したら、担当者が『なっ、成田室長から聞いております』と、このライアットガンを出してくれたのだ。なぜか小刻みに体を震わせていたがな」

五能はポーカーフェイスで、まったく表情は変わらなかった。

きっと、この顔で迫られた装備課の担当者はビビってしまったのだろうな。

男に対して五能は強烈なプレッシャーをかける超能力者のようだ。

その時、静岡の駅員がホームをキョロキョロしながら歩いてきた。

俺と目が合ったので軽く会釈し合う。

「今、爆竹が爆発したような音が『聞こえた』との通報があったのですが?」

ここで、ちゃんと事実を説明したところで、捜査は鉄道公安隊でやるわけだから、駅員も物騒な報告を受けても困るだけだ。

「あぁ〜そんな音が聞こえましたよ。ヤンキー車のバックファイヤーかな？」

俺はフェンスの外に走っていた道路を見た。

「あぁ〜たまにいるんですよね〜田舎だから……」

駅員は「では」と笑うと回れ右をして、駅舎へ向かう跨線橋《こせんきょう》をあがって行った。

そんな駅員の背中を目で追っていた飯田が呟く。

「あの人達からは逃げ切りましたけどぉ。このあとどうします？」

「寝台急行銀河から降りてしまって、よかったのか？」

五能が俺に聞く。

「まぁ、降りたくて降りたわけじゃないんだけどな」

「山手部長からの命令は『寝台急行銀河に乗り、明朝8時半までに國鉄大阪鉄道管理局庁舎にアタッシュケースを届けること』……。これでは無理だな」

少しだけ考えた俺は微笑む。

「いや、まだ方法はあるさ」

五能と一緒に飯田が俺を見つめる。

「それはどんな方法〜？」

時計で時刻をチェックしてから、ホームにあった時刻表を見つめる。

「やはり……まだ、もう一本走っているな」

『もう一本？』

二人は声を揃えて聞き返す。

「こんな時間に～？」

飯田は頭に「？」を浮かべた。

列車を待っている間に、五能にはライアットガンをプラスチックトランクにしまうように指示する。

いくら鉄道公安隊員でも、こんな物を抜き身で列車には乗れない。

床にプラスチックトランクを開いた五能は、飯田に向かって黒いマガジンを一本差し出す。

「もう弾がないだろう？」

飯田は「キャン」と喜んで、ホームで小さく飛び跳ねる。

「ありがとう～‼　五能さん。全弾撃ち尽くして困っていたところだったの～」

「まさか……とは思ったがな。嫌な予感がしたから予備弾倉も頼んでおいたんだ」

五能の手から飯田は、ニコニコとしながら受けとった。

すぐにマガジンリリースボタンを押して、空になったマガジンをストンと落とし、代わりに、七発装填されている新しいマガジンを、グリップの下から勢いよく叩き込む。

「やっぱり弾薬が入ると、力みなぎる～って感じがするねぇ」

パシンと両手で構えてから、飯田はクルクルと回してホルスターへストンと入れた。

なんだか「ファイト一発！　これで24時間戦えます!!」的な勢いで盛り上がっている飯田に、一応責任者として言っておく。

「それまで使う事態にはならないぞ、飯田」

一晩でガバメントの弾薬を一マガジン使い切っただけでも、きっと、鉄道公安隊のなにかの新記録だ。

今回のことは仕方がなかったと分かっているが、もうそんな状況になることはない。

飯田はニコリと微笑む。

「もちろん！　そんな事態にならなければ、私だって使うことはないよ～」

そう飯田は言ったが、なぜか嫌な予感がぬぐえなかった。

五能は右手に38口径の弾薬を五つのせて、俺に向かって見せる。

「境はどうする？」

リボルバー用の弾薬も、五能はプラスチックトランクに入れてきたようだった。

「俺か……」

そう怪訝そうに聞き返したのは、俺としては「もう銃撃はない」と確信していたからだ。

五能は右手を引っ込めることなく、ジッと目を見たまま静かに呟く。

「境、9ミリ弾薬『パラベラム』の意味は、ラテン語のことわざ『平和を望むならば戦いに備えよ』が由来だ」

五能に向かって俺は聞き返す。

「平和を望むならば戦いに備えよ？　なんだか矛盾していそうだがな」

「このことわざは、9ミリパラベラム弾を製造していた弾薬会社のモットーでもあったんだ」

そこで、五能がグッと右手を前に出したので、俺は思わず弾薬を受け取ってしまった。

「それが賢明だろうな」

五能はプラスチックトランクの前にしゃがみ、ライアットガンを丁寧にしまった。

ホームにあったプラスチックのベンチに、俺達は並んで座って少し待つことにした。

ベンチに座りながら、俺はリボルバーのハンマーの左にあるラッチを押して、シリンダーを左へスイングアウトさせる。

六連シリンダーが左へ出たらエジェクターロッドを押して、内部に残っていた空薬莢をまとめて浮かせ、一本一本取り出してポケットへ入れる。

五能からもらった新しい弾薬をシリンダーを回転させながら詰め込み、元へ戻せば再装填が完了だ。

一応、鉄道公安隊の規定に従って初弾位置のチャンバーは空にしておくので、俺のリボルバーには五発しか装填しなかった。

再装填が終わったリボルバーをホルスターにしまって、俺はカタンコトンと音が響いてくる線路を見つめた。

深夜に列車を走らせている國鉄でも、さすがに深夜2時ともなれば國鉄東海道本線といえども貨物列車しか走っていない。

ホームを渡って反対側の3番線を、青い電気機関車國鉄ＥＦ６５に牽かれた貨物列車が勢いよく通過していく。

國鉄ＥＦ６５が牽いてきたのは、大量の國鉄コキ５００００形貨車で、約二十メールほどの貨車の上には、5トン積の12フィートコンテナを五台ずつ詰み込める。

ただ、コンピューター管理による効率化がなされていないので、各車とも満杯にはなっておらず、あちこちにすき間が見られる。

12フィートコンテナ全体は黄緑に塗られており、真ん中には「國鉄コンテナ」「戸口から戸口へ」と黒字で書かれ、左上には國鉄のシンボルマークが描かれていた。

元々、國鉄の貨物の主力は「鉱山から工場へ」とか「工場から港へ」のような、ＢｔｏＢ

の仕事がほとんどだった。

だが、バブル景気以前から物流はモータリゼーションの影響をモロに受け、こうした貨物輸送はトラックが多く担いだした。鉄道は小回りがきかないので戦いようがない。

その結果、國鉄の貨物取扱高が激減してしまい、巨大赤字をたれ流す主要部門になってしまったのだ。

貨物を担当している本部長は「國鉄は物流の動脈だ！」と叫んで、日本各地にコンピューターによる貨車の自動仕分け機能を持つ新型ヤード「ＹＡＣＳ」を作りまくり、貨物輸送部門の再生を狙ったが、投資の割には成果が出ていない。

異次元レベルの改革を標榜する小海総裁は、ここにもメスを入れようとしていると聞く。

それがどんな手法なのかは、俺のような末端鉄道公安隊員には分からないが……。

ベンチに座って三十分くらいたった時、東京方面から列車が近づいてきた。

「あれは貨物列車じゃないな」

五能が呟くと、飯田もヘッドライトを輝かせながら近づいてくる正面を見つめる。

「國鉄１６５系？」

正面の上半分はオレンジで、下半分は深緑の湘南《しょうなん》色というカラーリング。

運転台の窓の下には、丸く大きなヘッドライトが見え、額にあたる部分にある行先表示器には「大垣《おおがき》」と出ていた。

　俺はアタッシュケースを持って立ち上がる。

「あれは東京駅を23時25分に発車した大垣夜行だ」

　飯田はフンフンと頷く。

「そっか〜これがまだ残っていたねぇ」

　こんな深夜に東京から大垣まで走っているのだが、使用車両は寝台列車でもなければ、特急用車両でもなく、単なる直流急行形電車の國鉄165系。

　しかも中間にグリーン車二両を挟む、驚きの十二両編成だ。

　車体前後のデッキ部分に片開きドアがあって、ガシャンと大きな音と共に開く。

　先頭の飯田は公安隊の基本装備だけの軽装だが、俺は銀のアタッシュケースを抱え、後に続く五能にいたっては、まるでギターリストのような大きなプラスチックトランクを右手に持って乗り込む。

　俺達はデッキから客室に入った。

　車内は昔ながらの直角背もたれで、四人向かい合わせで座るレトロなボックスシート。

　シート自体はプラスチックと鉄で作られ、背中とお尻の下には、中に薄いクッションの入った青系でチェック模様のモケットが貼られていた。

平日のこんな時刻を走る列車だが、なんだか寝台急行銀河よりも乗車率は高い。

もちろん、青春18きっぷを使って長距離移動している鉄道ファンもいるのだろうが、それよりも多くのサラリーマンが乗っているようだった。

四人シートに二人ずつ向かい合わせに座るのが暗黙の了解になっているようで、全員足をあげてゴロンと横になったりして、うまく工夫してシートで休んでいた。

普通なら鉄道公安隊員がこんな荷物を持って、三人も乗り込んできたら大騒ぎになってしまうところだが、ほとんどの人が眠っていたので気づく人は少なかった。

俺達は静岡で下車した人がいたので、空いた四人席に入って座る。

進行方向窓際に座った飯田がホームを見ながら呟く。

「すぐに発車しないのねぇ」

「静岡に7分くらい停車だからな。出発は2時45分と書いてあった」

飯田の向かいに座っていた俺が答える。

「そっか～特急でも、急行でも、快速でもないいんだもんねぇ」

「小田原から浜松《はままつ》までは飛ばす駅も多いけど、基本は各駅停車だからな」

飯田の横の通路側にいた五能は、俺をジッと見つめる。

「そんな列車に乗っていて間に合うのか？」

「たぶんな……」

手もとに時刻表がない以上、ここからの接続を調べる手段がない。

「たぶん……とは、心許ないな」

「確か大垣夜行は名古屋に6時頃に到着するはずだ。6時になれば新大阪行の始発のこだまが動き出す」

「それに乗れば、大阪に8時半までに到着出来ると？」

俺はフッと微笑む。

「だから、たぶんな……だ」

深夜ということで発車ベルは鳴らされず、発車時刻となった瞬間にガコンと大きな音がしてドアが閉まり、大垣夜行は静岡を出発した。

もちろん、これは昼間急行用の車両なので、モーターはかなりうるさい。

ウ～ンウ～ンとモーター音がうなりだし、速度が上がりだしたら会話が少し聞き取りにくくなるくらいに、グォォォォォォという音が車内に響き渡る。

次第に速度を上げた大垣夜行は、多くの駅を通過して次の停車駅である浜松を目指した。

「大垣夜行では襲われることはないと思うが、交代で仮眠をとっておくぞ」

俺が言うと、五能が続く。

「では、二人が先に仮眠をとれ。私は寝台急行銀河が来るまでに、静岡で少し仮眠が出来ている」

顔を見合わせてから、俺と飯田は軽く頭を下げる。

「ありがとう～五能さん。じゃあ、遠慮なく～。今日は少し疲れちゃった～」

両手を天井へ向けてY字型に伸ばし、小さな口をフワァと開いてあくびをする。

飯田は窓にもたれかかるようにして倒れ、そのままスッと目を閉じた。

「じゃあ、少しだけ頼むよ、五能」

「了解した、境。安心して仮眠してくれ」

腕を組んだ五能は、俺を見ながら言った。

そこで目を閉じた俺は、五能が見張ってくれていることで安心感を得ていた。

前後左右にガチャガチャと揺れ、車体はキシキシと鳴る。

普通に考えたら「寝るには静かな方がいいだろう」と思うが、人間とは不思議なもので、こういう騒音が響きガタンガタンと揺れる環境でも、慣れてしまえば寝られるのだ。

特に寝不足であれば、列車の激しい振動がいいゆりかごになる。

俺が寝ている間に、大垣夜行は國鉄東海道本線を西へ向かって走っていた。

浜松に3時54分に到着して、長時間停車後の4時17分に出発する。

そして、浜松からは名古屋まで、各駅に停車しながら走行した。

豊橋《とよはし》に着いた4時54分に俺は一度目が覚めたので、そこで五能と見張りを替わった。

とは言っても、寝台急行銀河で襲ってきた連中が、この大垣夜行に乗り込んでくる可能性は極めて少ない。

何故ならば寝台急行銀河が静岡を出発すると、名古屋に停まらず次に停まるのは岐阜《ぎふ》だからだ。

岐阜に到着するのは、確か5時18分。

つまり、万が一「あいつらは大垣夜行で大阪を目指すだろう」と、ストライプスーツの男が俺達の動きを見切ったとしても、岐阜に5時18分に着いてから折り返すのだから、とてもじゃないが大垣夜行には乗れないのだ。

「あれで諦めてくれれば、いいんだが」

そう呟いたら、五能がスッと目を開いて俺のアタッシュケースを見つめる。

「まさか、銃まで使って襲ってくるとは……」

「俺もさすがに予想外だった」

「山手部長は特にそういった注意は、言っていなかったがな」

「ったく……あのタヌキオヤジめっ」

俺は口を尖らせると、五能はギロリと目を動かして俺を見る。

「それにはいったいなにが入っているんだ?」

両手を左右に広げた俺は、手のひらを上へ向ける。

「さぁ、襲ってきた連中のリーダーは『三億で買い取ってくれる奴がいる』って言っていたが、そんなことを聞かされたら、余計に分からなくなった」

「……三億か」

アタッシュケースを見つめたまま、五能は腕を組んで考えている。

「この任務が簡単なものではないことは分かったよ」

「中身は『かなりヤバイもの』……そういうことか」

「だろうな……」

俺も改めてアタッシュケースを見つめた。

あまりにも情報が少な過ぎて、これ以上の推理は難しかった。

ただ、こいつを持っていると反社会組織の連中が、血に飢えた吸血鬼のような勢いで集まって来ることだけは分かった。

そこで、俺は一つのことに気がついた。

こいつに関する情報が國鉄リデベロップメント部から漏れている……。

そうでなければ、俺達でさえケースの中身を知らないブツなのに、あんな連中が襲ってくるわけがない。

きっと「なにを、どんな奴が、何時の列車で輸送する」と全ての情報が、國鉄内にいるな に者かによって、反社会組織の連中に伝わってしまっているのだ。

「これはいったい……どういうことだ？」

考えれば考えるほど深まる謎に、俺は頭を悩ませた。

浜松から各駅に停車しながら走った大垣夜行は、豊橋に4時54分、大府《おおぶ》に5時47分、そして、名古屋には6時10分に到着した。

大垣夜行が停車したのは、名古屋の國鉄東海道本線下りホームの6番線。

「やっぱり大垣夜行だと時間がかかるな」

ホームに降り立った俺は、両手を屋根へ伸ばす。

すでに夜は明けていて、キラキラとした朝日が東からホームに射し込んでいた。

ホームには名古屋名物の「きしめん」を食べられる立ち食いうどん屋があって、すでに開店営業中なのでカツオ出汁のいい香りが周囲に漂っている。

大垣夜行の終点はさらに先の大垣で、そこから大阪方面に乗り継ぐお客様も多いが、名古屋で下車して國鉄中央線などに乗り換える人もそれなりに多い。

だから、約三割の人が名古屋で降りるので、早朝にもかかわらず國鉄東海道本線下りホームは、一時的にではあるが多くのお客様であふれていた。

「さて、新幹線に乗り換えるぞ」

飯田と五能が『了解』と後ろをついてくる。

俺達がホームを歩き出すと、すぐに大垣夜行のドアが閉まり、ウゥゥゥンと大きなモーター音をあげながら6番線を走り出す。

そのまま一気に加速して、大垣夜行は走り去っていった。

名古屋駅のホームを南北に貫く通路は「北」「中央」「南」とあるが、新幹線連絡口があるのは「北」と「中央」なので、先頭車近くにあった階段を下る。

他のお客様と一緒に地下へ続く階段をダダッと駆け下りて、北通路へ出たら右へ曲がる。

大垣夜行を下車した多くのお客様が、中央北改札口から中央コンコースや、他の在来線に乗り換えるのに対して、俺達だけが北通路の太閤通口《たいこうとおり》側の突き当りにある、新幹線乗り換え口へと向かった。

新幹線乗り換え口には、普段は駅員が入って改札業務を行う銀ラッチが五つくらい並んでいるが、早朝ということで全て閉じられており、開いている通路は端の駅員室に面したところだけだった。

俺はそこにいた駅員に敬礼をしてから、鉄道公安隊手帳を開いて見せる。

「東京中央公安室、第七遊撃班の境大輔です」

後ろに続いていた飯田と五能も無言で敬礼する。

「ご苦労様です」

駅員は白い手袋をした右手で、軽く答礼を返してくれた。

俺は右手に持っていたアタッシュケースを持ち上げて見せる。

「すみません。現在、國鉄本社リデベロップメント部からの依頼で、この荷物を國鉄大阪鉄道管理局庁舎に8時半までに届けなくてはいけません。そこで、新幹線を利用させて頂きたいのですが」

ニコリと笑った駅員は、右手で新幹線側を指し示す。

「了解しました。どうぞお通りください」

「ありがとうございます」

俺達は会釈をしながら、新幹線乗り換え口を急いで通り抜ける。

新幹線乗り換え口の向こうには、多くの四角の柱が並ぶコンコースがあるので奥へ向かって足早に歩く。

途中に列車案内板があったが、無視して先へ進む。

「大阪方面の次の新幹線の発車番線を調べなくていいのか？」

五能は案内板を見上げながら心配したが、俺は早足に歩きながら答える。

「名古屋は東京と違って、新幹線の発車番線は難しくはないから大丈夫だ」

名古屋の新幹線ホームは四つで、14番線から17番線まで。

そのうち14番線と15番線は東京方面用の上りホームなので、奥にあるエスカレーターに乗り込んで16番線と17番線の並ぶホームへ上がる。

ここへやってきた新幹線に乗れば、必ず新大阪へ行けるということだ。

ホームまで上がると、16番線にも17番線にも白い車体の真ん中に、窓を囲むようにして青いラインが横一線に入っている、國鉄１００系新幹線が停車している。

まだ、名古屋始発の新幹線は、一本も発車してないようだった。

飯田が両方の列車案内板をチェックする。

「16番線は～6時32分発の広島《ひろしま》行『こだま４９1号』でぇ、17番線の方は6時55分発の博多《はかた》行『ひかり９1号』だそうですよ」

いくら停車駅の少ない「ひかり」だとしても、発車時刻が二十三分遅れでは新大阪までに追い抜くことは出来ない。

「じゃあ『こだま491号』だ」

俺達は16番線の方へ向かって歩きながら、近くにいた駅員に聞く。

「すみません。『こだま491号』の新大阪着は、なん時なん分ですか？」

「少しお待ちください」

駅員は折りたたまれたダイヤグラムをパタッと広げて、右手の人差し指で斜め線を追う。

「新大阪着は7時47分着ですね」

「そうですか」

俺は少しホッとして微笑むと、五能がポツリと呟く。

「だったら大阪8時丁度着の『寝台急行銀河』とあまり変わらないな」

「そういうことだ」

俺は駅員に「ありがとうございました」と頭を下げて、再びホームを歩き出す。

とりあえず、これでなんとか遅れはギリギリで取り戻せそうだ。

俺はアタッシュケースを抱える。

あとは、このブツをちゃんと届けられればいいだけだ。

「『こだま491号』は全車自由席のようだ」

五能がＬＥＤ表示の列車案内板を見上げながら呟く。

「じゃあ、階段に近いところに乗っておくか。確か新大阪もコンコースへ下る階段は、ホーム中央付近だったはずだから」

こんな早朝の名古屋始発の「こだま」でも、採算など度外視の國鉄だから、ホームには十六両編成の車両がビシッと並んでいる。

國鉄１００系新幹線の先頭車は、初代新幹線の國鉄０系の丸目と違って、ヘッドライトは細長く、鉄道ファンから「シャークノーズ」と呼ばれるフロントノーズ。

國鉄０系よりもフロントノーズを延長して車体形状も流線形とし、さらに二階部分にある運転台も低くなったことで、騒音や空気抵抗が大幅に軽減されている。

1号車から7号車までは普通車自由席、8号車は食堂車、9号車はカフェテリア、10号車も普通車自由席、11号車と12号車はグリーン車なので乗車出来ず、13号車以降も普通車自由席になっていた。

この中で9号車は、國鉄１００系新幹線の大きな特徴の一つであるダブルデッカー車。

展望のいい二階部分は広い車窓を持つ普通車自由席で、一階部分がカフェテリアと呼ばれる売店とイートインスペースのあるコンビニのような感じになっていた。

バブル景気に触発されて國鉄も「スーパーひかり」という早着ダイヤを組み、専用車両の「國鉄３００系新幹線」を導入しつつあったが、赤字のために予算が取れず少しずつしか増便することが出来ていない。

そのため國鉄東海道新幹線は、今でもこの國鉄100系新幹線がメインになる。

中間がダブルデッカー車だったので近づいていくと、鼻にカレーとデミグラスソースの混じったような、洋食屋の前を通った時にするいい香りが漂ってくる。

この匂いは一つ前の8号車の食堂車の換気扇からのようだった。

きっと、民間企業なら食堂車を運営する列車を選んだり、営業時間を短縮したり、最悪の場合食堂車自体を取り止めてしまうところだろう。

だが、そこはさすがの國鉄で、6時32分に名古屋を出発する新幹線においても、ジャパン食堂が食堂車の営業を開始しようと準備をしていた。

飯田が屈託のない顔で、深呼吸をするように胸を張って空気を吸い込む。

「う～ん、いい匂い」

俺も今まで忘れていたが、おいしそうな匂いで腹が減っていることを思い出す。

この新幹線で大阪へ到着すれば任務完了だし、寝台急行銀河に乗っていた奴らも、あのまま大阪まで行けるわけはないし、今、俺達がどこにいるかまでは分からないだろう。

そう考えた俺は、少し気を緩めておくことにした。

それに「腹が減っては戦が出来ない」とは、鉄道公安隊でもよく言われることだ。

「じゃあ、朝飯を食っておくか？」

「いいね～」

飯田は五能と一緒に、右の親指をビシッと上げた。

8号車の前扉から車内へ入り、厨房の横を通る細い通路を抜けると食堂車内に入る。

寝台列車だと幅がとれないので、真ん中に細い通路を挟んで、四人用テーブルと二人用テーブルとなるのが普通だが、新幹線の食堂車は両側に四人用テーブルが置ける。

縦方向に左右に六つずつだから、合計十二台のテーブルに白い大きなテーブルクロスが掛けられ、それぞれに赤いモケットの張られたイスが置かれている。

そして、國鉄の食堂車のテーブルには、なぜか必ず置かれている一輪挿しの花瓶が全テーブル上にあり、今日は真っ赤なバラの生花が一本飾られていた。

寝台列車の食堂車は高級フレンチ店みたいな雰囲気だが、新幹線の食堂車はビジネスマンがメインのお客様なので、白を基調としていてファミリーレストランみたいにシンプルだ。

さすがにこんな時間から食堂車には誰もいないので、俺達は進行方向左側の一番手前の四人席に、飯田と五能は進行方向、俺は反対側に座る。

丁度、発車時刻になって「こだま491号」が、名古屋を発車した。

名古屋始発の下り列車なので、どう考えても乗っているお客様は少ない。

　さっき、ホームを歩いていた時もお客様はまったく見なかったし、歩きながら車内をチラチラ見た時も人影はまばらだった。

　すぐに同じ歳くらいのアテンダンドが、俺達のテーブルにやってくる。

　なぜか昔からヨーロッパ風のメイド服だった食堂車のアテンダントは、今は少しだけ簡素化されたが基本的にはデザインは似ている。

　膝が隠れるくらいの丈の紺色半袖ワンピースドレスを着て、腰にフリルのついた白いカフェエプロンをつけ、頭には白い布で作られたティアラのようなカチューシャを着けていた。

「おはようございます。只今の時間のお食事は『洋朝定食』だけなのですが……」

　だったら選択肢はない。

「じゃあ、朝定食三つに、食後にコーヒー三つください」

「分かりました。では、少々お待ちください」

　アテンダントは回れ右をして、タタッと厨房へ戻り注文を伝える。

　基本的には食堂車の料理は「うまい！　驚くほど早い！」だ。

　残念ながら「列車内」という特殊事情で経費がかかるので、三拍子目の「安い！」まで実現することは出来ない。

　特に朝食は出すまでの早さが要求されるので、冷めても問題のない料理は皿に盛りつけて準備をしておき、注文が入ったら温かい料理を作って、なるべくすぐに出すのだ。

6時32分に名古屋を出た各駅停車の「こだま」が、次の岐阜羽島《はしま》に6時45分に着くまでには、ゆっくりと食べ始めることが出来ていたのだから。

今日の朝定食は手のひらサイズの箱型の食パンに、赤いケチャップのかかった黄色いスクランブルエッグ、表面がツルリと光るドイツソーセージが二本。

さらにロースハムが一枚とハッシュドポテトにサラダがついていた。

これだけついて一人九百円を高いとみるか、安いと思うかは人それぞれだ。

俺達鉄道公安隊員が徹夜勤務の時は、朝食費が手当として支給される。

俺達は「いただきます」と言ってから、フォークとナイフで食べだす。

新幹線は岐阜県内を走っているので、車窓には山が見えていることが多かった。

飯田はソーセージをフォークに刺したまま、ポリポリとハムスターのように食べる。

「そう言えば～昨日の人達は、結局、誰だったんでしょうねぇ？」

「まったく分からないな。てか、見当もつかないな」

俺は手に持った食パンの角をかじる。

「いわゆる『ヤクザ』って奴か？」

サラダを先に食べていた五能が言う。

「たぶん、風貌からすると、そういうことになるんだけどな。問題はあいつらは『手先』であって、リデベロップメント部のブツを狙っている奴らは、別にいるってことだ」

「リデベロップメント部のブツを狙う連中……か」

四つに割ったハッシュドポテトの欠片を飯田は口へ放り込む。

「だれかが『三億』で買ってくれるんだって〜」

「三億……それだけの価値があるのか。そのブツに……」

五能は俺の横のイスに置いたアタッシュケースを見つめて続ける。

「そもそも、ブツはなんなんだ？」

俺はパンをちぎっては、次々に口へ入れる。

「こんな事態になっている以上、本当は山手部長に『ブツはなんですか⁉』と問い詰めたいところだが、國鉄本社には9時まで出社してこないだろう」

「ブツはその前の8時半に、國鉄大阪鉄道管理局庁舎へ届けないとダメだからな」

飯田は右手でアタッシュケースを指差す。

「境君が持った感じだと、中身はなんだと思う？」

俺は首を左右に振るしか出来ない。

「さぁな。重さや大きさからすると、金塊とか札束とは思えない」

「山手部長は『機密書類』って言っていたけど……」

両手でパンを持った飯田は、ガシガシとかじりだす。

「反社会組織の連中が俺を殺してでも……さらには銃を使ってでも手に入れたい……。三億の価値のある重要書類ねぇ～」

俺にはまったく想像がつかなかった。

6時46分に岐阜羽島を出発した「こだま491号」は、米原に7時3分に到着する。

一応、ホームに反社会組織の連中が待ち伏せしていないかチェックはしたが、ガランとしている新幹線ホームには、そういう人はいなかった。

米原を出た辺りで朝食を全員食べ終えたので、テーブルはいったん片付けてもらって、食後に頼んでおいたコーヒーが三つ置かれる。

7時を回ったことで、少しずつ食堂車へやってくるお客様が増えてきた。

米原からは琵琶湖《びわこ》近くを走り出し、沿線には青々とした苗が並ぶ田植えが終わった田んぼが見えるようになる。

俺はテーブルの上に右手に持ったアタッシュケースをゴトンと置く。

残念ながら昨日の銃撃戦のこともあって、すっかりボディは傷だらけだった。

「こいつが反社会組織の連中が『喉から手が出るほど欲しがるヤバイもの』ってことは間違

いない」

この点については二人とも異論はなく、コーヒーを飲みながらフムと頷く。

そこで、俺は昨日悩んでいたことを二人に話す。

「そして、今回の輸送計画は、リデベロップメント部から情報が漏れている」

『情報が漏れている⁉』

驚く二人に、俺は頷いて答える。

「たぶん、リデベロップメント部に関わる誰かが、輸送計画を漏らしていない限り、俺達が寝台急行銀河で襲われるなんてことはないはずだ」

「確かに……それはそうだな」

五能はカップに薄い唇をつけて飲む。

「誰が情報漏洩したんだろう～？」

「そこまでは分からないが、山手部長のやることを『邪魔したい奴が、國鉄内部にいる』ってことじゃないか？」

「つまり、抵抗勢力ってこと～？」

「そういうことだ」

コーヒーをゴクリと飲んだ飯田は、吐息のような息を吐く。

「残念ながら……國鉄はとてもじゃないけど『我々は一枚岩です‼』とは言えないよねぇ」

それについては俺も同感だ。

「成田室長から聞いた話では、取締役の誰かは役員会議中に激昂して、テーブルを叩いたそうだからな」

「そういう人が抵抗勢力となって、今回の計画を邪魔しようとしているのかしらねぇ～」

「その手先があいつら……ということか」

五能はコーヒーを飲みながら車窓に目を移す。

俺達が持っている情報で分かることと言えば、だいたいこれくらいだ。

移動中に状況が次から次へと変化していくので、これ以上の推理が難しかった。

まぁ、真犯人については、分からなくてもいいんだが……。

俺達第七遊撃班に対しての命令は「このブツを8時半までに、國鉄大阪鉄道管理局庁舎へ届けろ」ということだけだ。

計画を邪魔する「真犯人を探して捕まえろ」という命令ではない。

つまり一介の鉄道公安隊員が、事件の背景を全て解き明かす必要性はないのだが……。

ただ、それは奥歯に、なにかが詰まったままになっているような嫌な感じだった。

田園地帯を約三十分間走り抜け、最後に少し長いトンネルを通り抜ける。

その瞬間、景色がパッと広がって、五重塔や大きな瓦屋根の建物と一緒に、駅前に立つロウソクのような白いタワーが見えてくる。

ここが京都だ。

7時30分に停車した京都を無事に出発したので、三人とも「フゥ」と息を吐いた。

やはり、昨日の襲撃失敗に懲りて、今回は諦めたんだろうな。

あれは俺達が気を許している時に仕掛けた「奇襲」だから成功する可能性があったが、完全に身構えた俺達に「強襲」なんてかけたら「タダではすまない」ってことは分かるはずだ。

どんな奴だって命は惜しいし、出来ればケガなんてしたくない。

それが例え、三億になるとしてもだ。

「よぉ～し‼　次で新大阪だぁ！」

飯田はピクニックの目的地に着いたような言い方で、右手を上へあげる。

「なんとか無事に着いたか」

五能は少し安堵したような表情を見せた。

京都から新大阪までは、新幹線なら十五分程度。すぐに天井のスピーカーから車内放送を知らせるチャイムが流れ出す。

チャンチャラチャンチャン♪　チャンチャラチャンチャン♪　タラララン～♪

《まもなく新大阪です。國鉄東海道本線上り吹田《すいた》、高槻《たかつき》方面。下り大阪、芦屋《あしや》方面と地下鉄線はお乗り換えです。今日も新幹線をご利用いただきましてありがとうございました》

國鉄１００系新幹線では、こうした通常放送は機械の女性音声で放送されるのだ。

「さっさと届けるか」

俺は食堂車のイスからガタッと立ち上がり、テーブルの上に置いてあったアタッシュケースを右手で摑むと、すぐに二人とも立ち上がった。

車窓には大阪の街に次々と建ち始めている高層ビルが見え始めてきていた。

AA06 國鉄大阪鉄道管理局庁舎へ　出発警戒

心配はしたが「こだま491号」は、7時47分に無事に新大阪へ到着した。

「これなら、約束の時間に間に合いそうだ」

五能がホームの時計を見ながら呟く。

「そうだな」

俺は少しホッとしながら言う。

第七遊撃班の初仕事が「遅刻して失敗しました」では締まらないからな。

俺達は新大阪の下り新幹線ホームの21番線に下車して、ホーム中央にあったエスカレーターに飛び乗って、とても広い新幹線コンコースにおりる。

すでに新大阪駅構内は通勤ラッシュの時間を迎えており、ホームにも駅構内にも多くの通勤、通学のお客様が歩き回っていた。

東側に在来線乗り換え口があるので歩いていくと、ラッチに入った駅員が十人くらい並んでいて、次から次へとやってくるお客様の切符を、まるで機械のようにさばいている。

ラッチに立つ駅員は、全員もの凄い集中力を発揮して仕事に専念していた。

だから、こうした大きな駅では、一人一時間くらいが限界で交代するようにしている。

俺達は端の窓口の駅員に事情を話し、乗車券を見せて通り過ぎる。

とても広い在来線コンコースには多くの飲食店やおみやげ屋が並び、ここでの宣伝を行う自動車会社が、赤い派手なセダンを持ち込んで展示し、その周囲ではミニスカートのコンパニオンが豪華なパンフレットを配っていた。

そして、在来線側は新幹線側よりも、はるかに人でごった返している。

革靴でタイルを踏みしめるカツカツという音がとめどなく響き、それが天井で反射してコンコース内は騒音に包まれていた。

「次の大阪方面行は、國鉄京阪神緩行線だな」

列車案内板を確認して、中間くらいにある7番線へ降りていく。

すぐに車体全体がスカイブルーに塗られた國鉄201系直流通勤形電車がファァァアンと警笛を鳴らしながら、ものすごい勢いでホームに突入してきた。

関東でも國鉄の運転は「荒っぽい」と言われることもあるが、関西はさらに上を行っているような気がする。

無論、國鉄201系も「丈夫が一番！」と考える國鉄の一貫した考え方の元に作りだされているのでガチガチの鋼鉄製。

風を伴いながら目の前を通り抜けた國鉄201系が、キィィィインと強烈なブレーキ音を上げながら急速に減速してからプシュユユンと停車する。

ドアが開くと、急ブレーキで車両前方に圧縮されていたお客様が、ドッとホームに飛び出してくるが、全ての人が外へ出る前に発車ベルが鳴りだして追い立てる。

《まもなく～西明石《にしあかし》行普通列車発車いたしま～す。お乗りの方はお急ぎくださ～い》

そんな駅員の放送を聞きながらギッシリとホームに並んでいたお客様が、國鉄201系の各車の開いていた四つの扉に吸い込まれるように車内へ入っていく。

ちなみにこういう状況は、ラッシュアワーの二時間くらい続く。

だから、混雑が緩和するのを待ってはいられないし、ホームで一本見送ったところで次の列車までに、大量のお客様がやってくるので解決することもないのだ。

「乗り込むぞ」

意を決した俺達は押し流されていくように、パンパンの車内へ向かってドドッとお客様と一緒に入っていった。

かなりの人が車内に入り込み、すぐに「もう無理!!」という状態になってドア付近では少し人があふれているが、車掌は気にすることなくドアをプシュュと閉める。

ガラガラとドアが閉まり、付近にいた人達がスクラムを組んでグッと車内へ押し込むと、人口密度は一気に膨れ上がって、場所によっては腕も動かせなくなる。

「関西の朝もすごいですねぇ」

飯田が周囲を見回す。

「ラッシュアワーの混雑なんて、今世紀中は解決出来ないだろうからな」

國鉄職員が言うのもなんだが、その部分については自信があった。

いくらダイヤを調整して本数を増やそうとも、國鉄を同時刻に利用されるお客様の数は、それをはるかに超えていくので、大都市圏ではどこもお手上げ状態だった。

お客様が片足しか突っ込めず、まだ閉まっていないドアがあれば、そこへ駅員が走っていって「押しますねぇ」と、お客様の背中をグイグイと押してくれる。

不思議なものでこうすると、今までは無理と思えていたお客様が、なんとか車内に押し込まれドアがパタンと閉まるのだ。

ホームのあちらこちらで、そういったシーンが繰り広げられ、やがてドアの上についていた開閉を示す赤ランプが一斉に消えて、駅員が車掌に手旗で合図を送る。

これを全ての列車で行っているのだから、朝の駅員は大変な重労働だ。

「乗車率200％！」の関西名物押し寿司詰めとなった列車が、やっとブゥゥンと苦しそうなモーター音を響かせつつ大阪を発車していく。

たぶん、乗り降りで時間が掛かったので、発車時刻は少し遅延。

走り出したはいいが、通勤列車では誰も車窓を楽しむことなど出来ない。

進行方向横向きのロングシートに座ったお客様の足には、立っている人達の圧が迫り、立っている人の半分以上はつり革さえ持てず、安全地帯はどこにもない。

発車時には全員がドドッと一緒に動き、車両後方のお客様には「月面ロケット発射か⁉」と思われるような強烈なGが体に掛かり、ブレーキが踏まれれば前方へ圧縮される。

ポイントやカーブで右に左に車体が揺れれば、壁際のお客様に人が一斉に寄りかかり、シートの前に立っている人は座る人の足の間に足を入れて耐え、窓ガラスに手をついて踏ん張っていた。

そんな状況だが、俺達の周りにだけは少しだけ余裕がある。

それは鉄道公安隊員が女性二人を含め三人も立っているから。

きっと、痴漢常習犯のパトロールかなにかと、思われているのだろう。

周囲のサラリーマンは全員しっかりと両手を上へ伸ばし、なんとかつり革や鉄の棒を摑んで身の潔白を証明しようと努力していた。

痴漢常習犯も俺達を見たら、この列車中だけでも犯罪を思い留まることだろう。

結局、7時56分に新大阪を出発した西明石行各駅停車に、洗濯機のように約4分間激しくゆられた俺達は、高架の上にある大阪駅に8時丁度に到着した。

再び爆発するようにして、お客様の波がホームへ一気に広がる。

その波に乗って俺達も下車すると、飯田が周囲を見回す。

「その～國鉄大阪鉄道管理局庁舎ってどこにあるんです？」

俺は大阪駅舎とは反対側に見えていた、茶色のタイルが貼られたビルを指差す。

「國鉄大阪鉄道管理局庁舎は大阪駅の北側だ。あの梅田《うめだ》貨物駅の手前にある鉄筋コンクリート製の地上5階、地下1階のビルだ」

大阪のホームは高架されて二階部分にあるので、少し遠くまで見渡せた。

國鉄大阪鉄道管理局庁舎の窓は一番上がアーチを描いているような優雅な造りで、縦に長い窓が壁にズラリと並んでいる。

窓と窓の間は垂れ幕をかけるスペースになっていて「ダイヤ改正で増発‼　通勤に便利」とか「夢の関西アーバンネットワーク！」といった垂れ幕が掲げられていた。

大阪駅に対して「ひし形」の向きに建てられている國鉄大阪鉄道管理局庁舎の向こうには、なん本もの頭端式ホームが並ぶ梅田貨物駅が見える。

梅田貨物駅は関西の貨物物流の拠点で、大阪の中心地にも拘わらず広大なコンテナ置き場を持ち、電気やディーゼル機関車に牽かれた大量の貨物列車が、ひっきりなしに出入りしていた。

コンテナ置き場には上から摑むような巨大なフォークリフトがあり、貨車に荷物を積み込んだり、下ろしたりしているのが見えた。

ちなみに梅田貨物駅の広さは十七ヘクタールもあり、ドーム球場三つ分以上の広さを誇る。

周囲は百貨店、オフィスビル、海外系のホテルなどの高層ビルに囲まれているので、長いホームとボロいトタン屋根しかなくて古くさい梅田貨物駅が異様に見える。

そんな梅田貨物駅を見ながら五能が呟く。

「貨物ターミナルを、こんな大阪の一等地でやる必要があるのか？」

俺は五能の横に立つ。

「もともと大阪駅では旅客と貨物の両方を取り扱っていた上に、車両基地としての機能もあったらしいからな。一時はかなり混乱していたそうだ」

「それで分離を？」

「旅客は駅を高架してそのままの場所で、貨物はこうして梅田貨物駅を造って扱うことにして、車両基地については吹田操車場へ多くの機能を移したそうだ」

「移転するにしても、こんなに近くに造らなくてもいいのではないか？」

首を捻った五能に、俺はフッと笑いかける。

「確かに……それはそうだな。だが、きっと旅客と貨物の責任者が、まったく譲らなかったんだろう」

「そうだろうな……國鉄なら」

そのことは國鉄職員なら十分に想像がついた。

少し前まで國鉄での貨物の売り上げは、かなり巨大なものだった。

だから、大阪が混雑してきた時にあった「どっちが移転するんだ?」という話し合いは、旅客が主導権を持って展開することは難しく、結局「お前の方が移転しろ」と言い合いになったに違いない。

その結果……「移転してもいいが、近くならば」と、貨物側が渋々飲んだのだろう。

そうした國鉄的な話し合いの流れが、大都会のド真ん中に、まったくビルのない広大な土地を残すことになった理由のようだった。

俺はホームの時計が、8時5分になっているのを確認した。

「さて、さっさと届けに行くぞ」

五能と飯田が『了解』と返事して、俺の後ろからついてくる。

ホーム中央の階段を使って一階に下り、中央改札口を通り抜けて中央コンコースへ出て、三人で北へ向かって歩く。

歩いていると二階を通る列車の走行音が、たまにガタンゴトンと天井から響いてくる。

一番端まで歩いたら、地下へ向かう下り階段があったので俺はそこへ入った。

「國鉄大阪鉄道管理局庁舎へ行くのに、地下へ降りるんですか？」

横を歩きながら飯田が聞く。

「地上からでも行けるけど、國鉄大阪鉄道管理局庁舎前にある横断歩道は一回赤になると長いからな。俺はいつも地下通路から入る」

「あぁ～そういうことですね」

飯田はニコニコと笑った。

一緒に地下一階まで降りた五能は、周囲を見回して少し驚く。

俺は國鉄大阪鉄道管理局庁舎を目指して地下通路を歩き出す。

「ダンジョンか⁉」

「東京と比べて、大阪の地下通路って、複雑だし広いよな」

地下利用が早くから行われた大阪では、大きな駅近くに地下街が発展していて、近くの駅までくらいなら雨に濡れることなく行ける。

また、単に無機質な通路が延びているのではなく、通路に沿ってズラリと店舗が並んでいるので、生活に必要な物は地下街で手に入る。

もちろん、喫茶店、居酒屋、ラーメン屋、そば屋、お好み焼き屋などの飲食店も充実しているので、通路を歩いていくと、美味しそうな匂いが次から次へとしてきた。

ただ、昔から地下街を造っていた影響で、少し天井が低いような気がする。

飯田も珍しそうに、周囲をキョロキョロと見回す。

「大阪の地下街って、こういう感じなんだぁ～」

「どんなお店も地下にあるな、大阪は」

國鉄大阪鉄道管理局庁舎が作られたのは戦争前とのことなので、そこへ続く地下通路は中々年季が入っている。

床には小さな白いタイルが貼られ、左の端には水を流す細い溝があり、右側には昔ながらスタンディングの飲食店が並んでいる。

例え、立ち食いそば屋だとしてもお酒を扱っているので、まだ早朝にもかかわらず、すでにたくさんの酔っ払いがビールジョッキ片手に大声で話をしていた。

俺達の歩く通路には、ガハハという オヤジ達の声が聞こえてくる。

「いいなぁ～」

ヨダレでもたらしそうな勢いの飯田に、俺はアタッシュケースを見せる。

「昨日は徹夜だったから今日は非番になる。だが、それはこいつを無事届けてからだ」

「では、さっさと届けることにしましょう」

かなり余裕のでてきた俺達は微笑み合った。

そんな俺達の横を歩いていた五能は、手に持っていたプラスチックトランクのロックを一つ、右手でパチンと弾いて外す。

「どうした？　五能」

俺が聞くと、右の口角が嬉しそうに少し上がったように見えた。

「すんなりとは國鉄大阪鉄道管理局庁舎に、入れてもらえないようだ」

「どういうことだ？」

そこで前後に首を回した俺は、ゾクリとするものを感じた。

なんと、通り過ぎた後ろの居酒屋から、どう見てもまともじゃない反社会組織の連中がゾロゾロと出てきており、國鉄大阪鉄道管理局庁舎入口近くにある喫茶店からも、出てきているのが目に入ったからだ。

前後に十人ずつといったところか……。

俺は歩きを止めることなく、反社会組織の連中を目視で数えた。

「まさか……國鉄大阪鉄道管理局庁舎の前で待っているとはな」

五能がプラスチックトランクのハンドルをギュッと握る。

「きっと届け先まで情報は漏れちゃっているんだから～。きっと、あの趣味の悪いスーツのおじさんは『その前で待っときゃ来る』って思ったんだろうけどねぇ」

胸元に右手を突っ込んで、飯田はガバメントのグリップを握る。

「だから、執拗に追ってこなかった……というわけか」

それについては少し気になっていたのだ。

俺達の動きを調べ上げ、寝台急行銀河に殺し屋として咲さんを乗せ、さらに仲間達に銃を持たせてまで狙っていたのに、静岡以降襲撃はピタリと止んだ。

確かに鉄道公安隊員を襲うことは難しいのかもしれないが、時間が経てば警備も強化されることを考えると、俺達の乗る列車を予測して、もう一度くらい「襲撃してくるんじゃないのか？」と考えていたのだ。

だが、まさかこちらの城とも言える國鉄大阪鉄道管理局庁舎前で待ち伏せしているとはな。

二十メートルほど向こうに、ズラリと派手なスーツの反社会組織の連中が並び壁を作る。

全員が両手をポケットにしっかり突っ込んでおり、その手には銃などの武器を握っているものと思われた。

俺が「ちっ」と舌打ちをしながら足を止めると、五能と飯田は一緒に立ち止まった。

「割としつこい奴だな」

「しつこい男の人って、あまりモテないのにねぇ～」

後ろから迫っていた男達も、二十メートル後方で歩くのを止める。

地下通路には不穏な空気が漂う。

すると、今までは景気よく酒を飲んでいた酔っ払い達が、揃ってノレンからぬうっと首を出して周囲の状況を確認し始め、周囲の連中とコソコソと話し出す。

國鉄大阪鉄道管理局庁舎側に立つ男達の真ん中がスッと開き、そこからストライプスーツの男が現れた。

五能が放ったライアットガンの銃撃でダメージを受けたらしく、顔にはいくつか白いガーゼが貼られていた。

「やはり貴様か……」

俺は奥歯を噛んだ。

「寝台急行銀河ではやられたけどなぁ。今度はそうはいかへんぞぉ～」

ストライプスーツは余裕の顔で口角を上げた。

その瞬間だった。

周囲の立ち食いそば屋、居酒屋から『**うわぁぁ!!**』と声が一斉に上がり、酔っ払い達が一目散に飛び出してきて、改札口へ向かって逃げていく。

どうも、この殺伐とした緊張感から、身の危険を感じたらしい。

「さすが大阪の人～。危険察知能力が高いよねぇ」

ニコニコと感心する飯田の横で、五能はコクリと頷く。

「これが東京なら、野次馬が増えるところだな……」

ものの三十秒で周囲の飲食店から、人っ子一人いなくなった。

大阪の凄いところは、お客様はもちろんのこと、店員までもが一緒に逃げ散らかすところ。

白衣を着た店員らは百メートルほど離れた地下通路の入口で、「今、そっち危ないでぇ」と言いながら、通りがかる人に注意をしながらこちらの様子を伺っていた。

おかげで、地下通路には俺達と反社会組織の連中しかおらず静まり返っている。

どこかの店の店員は慌てて逃げだしたらしく、点けっぱなしになったコンロによって、大きな寸胴鍋の中で煮詰まった出汁があふれだし、ジュウジュウと音がしていた。

胸を前へ張りだしながら、ストライプスーツが勝ち誇ったように叫ぶ。

「ええかぁ～？　もう一回しか言わへんぞ、鉄道公安隊員の兄ちゃん」

そう前置きしてから、グッと右手を前に出す。

「大人しくそいつを渡してもらお～か？」

男は俺の右手にあった銀のアタッシュケースを指差す。

だが、ここまで来て「分かりました」と、俺も差し出すわけにはいかない。

俺はアタッシュケースを横にして胸の前に掲げる。

「こいつを渡すわけにはいかないなっ」

　俺がフッと微笑むと、ストライプスーツはニヤリといやらしく笑う。

「素直に渡しときゃケガせえへんのにぃ」

「あんたも仕事だろうけど、こっちも仕事だからなっ！」

　ストライプスーツはフンフンと頷く。

「確かになぁ。プライベートなことやったら、少しくらい融通きかせられるかもしれへんけどなぁ。お互い同じ商売絡みやさかい、そらぁ〜一歩も引けんわなぁ」

　俺は男の後ろを指差す。

「こんな場所で寝台急行銀河みたいな大騒ぎを起こせば、國鉄大阪鉄道管理局庁舎から鉄道公安隊員が殺到してくるぞ」

　腰に両手をあてたストライプスーツは腹を抱えて大笑いする。

「國鉄職員っていうのは、そんなに仕事熱心やったか〜？」

「どういう意味だ？」

「いくら自分らのビルの前とは言え、ヤクザの乱闘にわざわざ首突っ込むような奴なんて、親方日の丸の会社なんかにおるんかい？　しかも、定時前の時間に〜」

　男はククククッと笑い続けた。

「…………確かにな」

納得してしまったのは、その指摘が正しかったからだ。

お客様からの通報があれば多少の危険があってもくると思うが、窓から乱闘を見たからといって、鉄道公安隊員が自発的に出動してくるとは思えない。

ましてや……今は定時前。

少なくとも9時を回らなくては、多くの鉄道公安隊員は動かないだろう。

「ほなしゃ〜ないな。力づくでもらおうか〜」

ストライプスーツがポケットから出した右手には、寝台急行銀河で見た短い銃身のリボルバーが握られていた。

それを見た瞬間、五能が呟く。

「銃砲刀剣類所持等取締法違反を確認」

プラスチックトランクのロックを弾くと、パタンとフタが開く。

中に入っていたライアットガンのフォアグリップを掴んで取り出し、プラスチックトランクをフロアにガシャンと捨てた。

そのままライアットガンを立てて、勢いよく上下させて初弾を薬室へ装填する。

それが合図だったように、反社会的勢力の連中も一斉にポケットから手を出す。

それぞれの手には色々な種類の銃が握られていた。

「あら～今日はいっぱい逮捕者が出そうねぇ」

クルリと後ろを向いた飯田は、五能と背中を合わせるように立つ。

右手を懐から取り出しつつ、ガバメントのスライドを手前に引いて、初弾を薬室に叩き込んでから構えた。

チラリと後ろを見たが、やはり後方の連中も全員銃を構えている。

「くそっ」

俺も仕方なくアタッシュケースを左手に持ち直し、右手でリボルバーを取り出して、ストライプスーツに向ける。

一応、やるべきことはやっておく。

「銃砲刀剣類所持等取締法違反だ。全員、銃を床へ置け！」

だが、薄ら笑いを浮かべるだけで、誰も銃を捨てようとしない。

「しょうがないわねぇ」

そこで飯田がすっと大きく息を吸った。

「じゃ、五能。十人ずつでいいかなぁ？」

飯田に初めて呼び捨てで呼ばれた五能は、敵を見据えたまま答える。

「よかろう。だが残弾数より敵の数が多いぞ、飯田」

「残りは逃げ出してくれることを祈るしかないよねぇ」

「まぁ、我々にはこいつもある」

五能は帯革に差してある伸縮式警棒のホルスターに目をおろした。

どうする……この状況……。

いくら飯田の腕がよく、五能がライアットガンを所持しているとはいえ、3対20では勝ち目がない。

早撃ちしたって七発しか弾はないのだから、一人で十人は倒せないだろう。

それより……ここで撃ち合いになったら、誰かが命を落とすかもしれない。

やはりアタッシュケースを手渡すべきなのか……。

頭の中で色々な思いが交錯した。

「たくさん部下がいるからって、挟み撃ちは卑怯よねぇ～」

「前後からの挟撃は、戦略の基本だ」

その時、俺の頭にふっと言葉が浮かんだ。

「挟み撃ち……か」

一瞬、俺達は追い込まれているように見えるが、これは戦力を分散配置したとも言える。

前で二十人が銃を構えていたら逃げだすしかないが、反社会的勢力の連中は前後に配置したために、正面戦力は半分になっているとも言える。

さらに俺達の目的は「反社会的勢力の撃滅」ではないのだ。

その時、状況を冷静に分析した俺は、五能と飯田に真剣な声で聞く。

「五能……飯田……俺に命を預けてくれるか？」

二人は戸惑うこともなく答えてくれる。


「同じ第七遊撃班の仲間だろ、境」

「同じ第七遊撃班の仲間じゃないですかぁ～境君」


五能が初めてフッと微笑み、飯田は天使のようにキラキラ笑った。

二人の笑顔を見た瞬間、胸に熱いものがこみ上げてきて全身に力が張った。

俺はもう一度戦う！　戦わなくては取り返せないものもある！

リボルバーをすっと仕舞い、首を少し回した瞬間に俺は右足をバシンと前に出し、腰のホルスターへ右手を移動させ伸縮式警棒を取り出して一気に体の外へ向かって振った。

三段式のロッドが展開し、カチンとロックされる音がする。

その伸縮式警棒で國鉄大阪鉄道管理局庁舎を真っ直ぐに差す。

「一点突破だっ！　第七遊撃班は國鉄大阪鉄道管理局庁舎へ向かって突撃――!!」

俺を頂点とするデルタ隊形を組んだ俺達は、地下通路を一斉に走り出す。

『うぉぉぉぉぉぉぉぉぉぉ!!』

俺達は叫びながら前方の反社会組織の連中へ向かって突進していく。

我々が急接近してくるとは思わなかった反社会組織の連中は、一瞬、怯んでしまう。

「五能！　私は右を！」

「左は任せておけ、飯田」

二人はまったく打ち合わせもしていないが、絶妙なコンビネーションを発揮する。

目を合わせることもなく飯田と五能は、右と左に分かれて同時に銃撃を加えた。

ダカァ――ン！　ダカァ――ン！　ズタァアン!!　ズタァアン!!

一瞬の間にそれぞれの銃から二発ずつの銃声が響き、あっという間に人影が六人に減る。

「カズが撃たれた！」「痛てぇぇ!!」「ぎゃぁぁぁ!!」

撃たれた時は覚悟の決まっていなかった奴ほど、よく叫び声をあげる。

瞬時に四人が葬られたことで、前に並んでいた反社会的勢力の奴らは震えあがった。

そして、後方からの銃撃が響かないことに俺はニヤリと笑う。

やはり撃てないな。

挟み撃ちにすれば有利と考えたかもしれないが、実は同士討ちの可能性も高まる。

飯田や五能のように正確に射撃が出来れば問題ないが、もし、外してしまったら反対側にいる仲間に当たってしまう可能性がある。

自分の銃の照準の先にチラチラと仲間の姿が見えるのに、気にすることなくトリガーを引ける奴は少ない。

俺達の目前にストライプスーツの男が迫った時、やっと、後ろの連中が射撃を始める。

パン！　パン！

散発的な射撃音が響くが、射撃に慣れていない者が移動する標的を狙うのは難しい。

案の定、どこかで跳弾した弾が、前に立っていた反社会組織の連中に当たってしまい、さらに一人倒れることになった。

「バカ野郎！　どこ向けて撃ってんだ！」

ストライプスーツがそう叫んだことで、後方からの射撃がピタリと止まる。

真ん中に立つストライプスーツを中心に左右に二名ずつ男が並び立ち、それぞれが迫って来る俺達に向かって銃口を向ける。

だが、銃を撃つのが初めての者が多いのか、誰もしっかり狙いが定まっていない。

俺はムダな戦いを避けて、目的を達成することだけに全力を傾ける。

そう、俺達は「國鉄大阪鉄道管理局庁舎へ飛び込めばいいだけ」なのだから。

「**全速力で突破しろ――‼**」

俺は真ん中に立っていたストライプスーツへ向かって走り、五能と飯田は左右に残っていた二人へ向かって並んで走って行く。

俺達が急速に至近距離まで迫ってきたことで、反社会組織の連中は銃を使用することを諦め、俺達を取り押さえようとして両手を前へ向けて素手で構えた。

最も早く敵陣に突っ込んだのは、左側にいた一番体格的に恵まれている五能だった。

両手でライアットガンを持っていた五能は、左右から襲いかかってきた男達に対して、まずストックの底にある台尻を、右の男のみぞおち深くに鋭く叩き込む。

右の男は「うっ」と唸って、口からブハッと唾を吐く。

五能はそんなことを気にすることなく、みぞおちから台尻を引き抜き、ライアットガンをクルリと回して銃身を両手で握る。

そして、バットの要領で左の男の顔面を思いきり張り倒した。

ガツンという鈍い音と共に男の顔は歪み「あぁぁぁ‼」と叫ぶ声が響く。

すっ、すごい‼

その動きの凄さは、同じ鉄道公安隊員としてよく分かる。

護身術は研修でも習うが、こんなライアットガンを使った二人を相手にする方法なんて習うことはない。

つまり、五能はこういう戦い方を独自で訓練しているのだ。

でなければ、こんなに鮮やかに実戦で使いこなせるわけがない。

五能からの攻撃を食らった二人は足元がグラリと揺らぎ、すぐに膝からガクリと崩れて冷たいタイルのフロアへ向かって倒れていく。

もう一度ライアットガンを回して、五能は元の位置へカシャンと戻す。

男達は最後の力を振り絞って手を伸ばしたが、その指先に五能は触れられることもなく、虚しくフロアに倒れるしかなかった。

いっ、飯田は⁉

右を向くと、飯田は一人目の攻撃を素早くしゃがんで避け、クロスカウンターの要領で男のこめかみにガバメントのグリップエンドを容赦なく叩き込んでいた。

その一撃で一人目の男は意識が飛び、ユラユラと倒れていく。

こいつもすごい！

研修で習う格闘術の中に「銃のグリップエンドで殴っていい」なんてものはない。

だから、こういったテクニックも、きっと飯田独自のものだ。

白目にして膝から倒れ込んでいく一人目の男の後ろから、角刈りの若い男が迫ってきて大きく口を開いて叫ぶ。

「このアマ――――!!」

それを見た飯田は、ニヤリと笑ったように見えた。

飯田は殴りつけたガバメントの銃口を一気に前へ向けて伸ばす。

銃口が伸びていたところへ角刈りが勢いよく飛びだしてきたので、飯田は迷うことなくスッと開いていた口へ銃口を容赦なく突っ込んだ。

ガバメントの銃身は角刈りの口にスッポリと納まり、歯が当たってガチンと鳴った。

飯田はフッと微笑んでトリガーに右の人差し指をかける。

「これで撃たれても～『事故』ってことよね～」

少しでも指に力が入れば、角刈りは頭の中身を散らすことになる。

それは経験したことのない者にも、すぐに分かることだ。

角刈りの全身はブルブルと震えだし、顔には瞬時に汗がドッと浮き、膝はガクガク震えた。

男の急激に高まったドクンドクンという心音は、俺にまで聞こえてきそうだった。

「うっ……うっ、うっ……」

なにもしゃべれなくなった角刈りは、目一杯に開いた目から涙を流し始める。

たぶん、生きていて初めて「死」を意識したのだろう。

目からは生気が失せ、顔面蒼白になり、恐怖から失禁してしまっているようだった。

「しょうがないわねぇ～」

飯田はほんの少しだけ銃を下へ向けるだけでよかった。

口からガバメントを抜いてもらえた角刈りは、神を崇めるように両手をあげながら、情けない表情でフロアに膝をつく。

いや、そのまま頭までペタリとフロアにつけて土下座の格好になる。

「すんまへんでした～姉さん」

ピュンと銃を振って男の唾液を振り払い、飯田は天使のように微笑む。

「もうこういうことをしちゃダメよ～」

「は～い。もう足を洗わせてもらいます～!!」

「そうねぇ～。きっと、君は向いていないから～」

真ん中にいたストライプスーツは少し奥に立っていたため、接触は俺が一番遅くなった。

もちろん、俺だってバカみたいに真っ直ぐでなく、ジグザクに近い動きで接近する。

小さな銃を両手で構えていたストライプスーツは、直前で俺に向かって銃撃した。

「これでも喰らえ‼」

パンという音が響いたが、その弾丸は俺の脇近くをシュンと通り抜ける。

そこでやっと銃で戦うことの不利さに気がついたようだが、それでは遅い。

目を大きく見開きながら逃げ腰になり、上半身を少し後ろに引く。

「やっ、やめろ！」

俺はビュンと右腕を大きく振りかぶり、思いきり振り込みながら叫んだ。

「観念しろっ‼」

ストライプスーツは伸縮式警棒の打撃を避けようと、両腕で頭を守るようにして上げたが、そんなものでは伸縮式警棒の攻撃は防げない。

伸縮式警棒がストライプスーツの手首を直撃した瞬間に、ボキッとなにかが砕けるような鈍い音がした。

俺は躊躇することなく、右腕を一気に振りぬく。

「しつこいんだよ――‼」

伸縮式警棒がテニスのラケットのように勢いよく回り、左手ごと側頭部を叩かれたストライプスーツは、頭から右へ向かって吹き飛ぶ。

近くの壁まで飛んだストライプスーツは、ドスンと当たって座るようにフロアに落ちた。

『若になにさらすんじゃ―――!!』

後方からは反社会的勢力の残存メンバーが十人ほどで追いかけてくる。

「本当にしつこい人達ねぇ～」

呆れる飯田に、俺は腕時計を見つめながら言う。

「放っておけ！　行くぞ、飯田。あと、五分しかない」

「いいの？　この人達は放っておいて～？」

周囲に倒れている十人ほどの反社会的勢力の連中を飯田は見つめる。

「この事態については後で処理するとして、俺達の任務を先に完了させるぞ」

頷き合った俺達が走り出した瞬間、左を走る飯田がスンスンと鼻を鳴らす。

「これって……」

「そういうことだ」

五能はライアットガンを両手に持って走りながら頷く。

「……そういうこと？」

俺も息を吸ったら、空気中に腐ったタマネギの臭いが充満し始めていることが分かった。

「ガス漏れか⁉」

俺が聞き返すと、五能は後方の居酒屋の厨房を右の親指でクイクイと指差す。

「寸胴鍋からあふれた出汁で、どうもコンロの火が消えたようだ」

その時、フッと振り向いた俺の目に、銃を構えて俺に向けるストライプスーツが映った。

ストライプスーツは、ガス漏れに気がついていないようだった。

こんなところで銃なんて撃ったら⁉

だが、そんなことを注意している時間はない。

「全速力で大阪鉄道管理局庁舎へ飛び込め――――‼」

俺に出来たことは、そう叫ぶことだけだった。

次の瞬間、俺と飯田と五能は、フロアへ身を投げるようにして全力で前へ飛んだ。

「伏せろ――――‼」

フロアに着地した瞬間、アタッシュケースを両手で抱えながら目を瞑った。

遠くから「死ねや」という声が聞こえてきたような気がした。

だが、その声は後ろから追いかけてきた巨大な爆発音にかき消される。

ズドォォォォォォォォォォォォォォォォォォォォォォォォォォォン‼

目を瞑っていた俺が、背中に感じたものは「熱っ」という肌感覚だけだった。

一瞬で真夏になったかのような熱風が、居酒屋の方からやってきて、あっという間に周囲を包んで吹き抜けていく。

すぐに『うおぉぉぉぉ!!』という反社会組織の連中の絶叫が地下通路に響く。

爆風によって居酒屋の備品が周囲のフロア中に吹き飛び、その一つの中華鍋が俺の背中に落ちてきた。

「痛って――――!!」

そこで目を開いた俺が後ろを向いて見た光景は、凄まじいものだった。

最初の爆発が起きた居酒屋は、厨房を中心とした爆発によって店内の全ての物が放射状に倒れていた。

反社会組織の連中は爆風によって全員吹き飛ばされ、誰一人立っている者はいなかった。

俺達の周囲にも、元々居酒屋の店内にあったと思われる皿やコップやテーブルが、バラバラの破片となって散乱している。

酷かったのは居酒屋の爆発が、誘爆を誘ったこと。

どうも最初の爆発で、平行に並ぶ店のガス設備にダメージを負わせたらしい。

ズドォォォォォン!!　ズドォォォォォン!!　ズドォォォォォン……。


こちらから改札口へ向かって、次々に店が連続で吹き飛んで行くのが見えた。

遠くで高みの見物を決めていた酔っ払いと店員達は、爆発から追われるようにして地下通路の向こう側へ必死に逃げて行く。

爆発音と共にガシャン、パリンとガラスや瀬戸物が割れる音が続き、店内のありとあらゆる物が地下通路へ吹き飛ばされてきた。

おっ……おい。

まるで怪獣にでも襲われた町のような状態に、俺は思わず唾を飲み込み言葉を失った。

ただ、ガス爆発は周囲の可燃物も吹き飛ばし、一気に酸素を奪いとるらしく、火事になることはなかった。

地下通路が一瞬で黙示録のような状況になってしまったのにもかかわらず、まったく動じることなく、なにごともなかったように飯田と五能は立って見つめていた。

「まったく……こういう奴らは、全員、薬をやっているのか？」

「匂いが分からなくなると、危ないのにねぇ～」

五能も飯田もどうやって爆風をかわしたのか、制服も顔もまったく汚れていなかった。

大変なことになっているが、幸い被害者は反社会的勢力の連中だけだ。

原因も自業自得なわけだし、ここは後で鉄道公安隊に処理してもらうとしよう。

俺は急いで立ち上がり、白くなった制服をパンパンとはたく。

「よしっ、大阪リデベロップメント課へ急ぐぞ」

二人と頷き合った俺は國鉄大阪鉄道管理局庁舎へ続く通用口へ向かって走った。

さすがにガス爆発の音は聞こえたらしく、地下一階の通用口を守っている宿直の担当者が扉を開けていた。

俺達が通用口へ走って行くと、寝起きのボンヤリした顔で聞いてくる。

「なっ、なにか……あったんですか？」

俺は鉄道公安隊手帳を見せながら、足を止めることなく通り過ぎる。

「地下通路の飲食店でガス爆発があったらしいです」

「ガス爆発ですか⁉」

宿直の男は驚いた顔で、走り抜ける俺達を見送る。

「そうだ。だから、消防へ連絡してくれ。あと、警察にもな」

「地下通路の飲食店かぁ～。あそこはうちの管轄だったかなぁ」

宿直の男は少し困った顔をしていた。

「すまんが、あとを頼む」

「了解しました」

俺達は構わず宿直室の前を通り抜け、そのままエレベーターホールに走る。

走りながら五能が俺に聞く。

「境、大阪リデベロップメント課は、なん階だ？」

「確か四階の一番奥だ。時間がないから急げ！」

「分かった」

エレベーターホールについた五能は、「↑」ボタンをライアットガンの銃口で押す。

勢いよく突いたので、あっさりプラスチックボタンは砕け散った。

「備品を壊すなっ」

「モロいのが悪い」

五能は悪びれることもなく呟く。

すぐにキンという音がして、エレベーターのドアが左右に開く。

中へ乗り込むと飯田は、ガバメントのグリップエンドで「4」と「閉」ボタンをタンタンと続けて押した。

もちろん、二つのボタンもカチャンと破壊された。

「だから『壊すな』って言っているだろ！」

「急いでいるから、しょうがないですよねぇ」

俺は「ったく」と呟きながら、アタッシュケースのハンドルを握り直す。

四階までは一分もかからないと思うが、遅刻間際の俺にはすごく長く感じる。

やがて、再びキンと音が鳴ってドアが左右に開く。

その頃には窓の外から、近づいてくる消防車のサイレンの音が聞こえてくる。

始業前で國鉄職員が少しずつ集まりつつあった。

俺達は國鉄の各部署の制服を着た人達とすれ違いながら、早足で大理石造りの廊下を歩く。

國鉄大阪鉄道管理局庁舎は國鉄本社よりも大きくはないので、一番奥だとしてもそれほど時間がかからない。

廊下の一番奥まで歩いたら、國鉄本社と同じように丈夫そうなドアがあり、真ん中には白地に黒文字で「大阪リデベロップメント課」と書かれたプレートが貼られていた。

コンコンと二回ノックした俺は、返事を待つこともなくドアノブを回して開く。

「失礼しま～す‼　東京中央公安室・第七遊撃班長の境です！」

ドアを開いて中へ入ると、大阪リデベロップメント課も國鉄本社と同じく窓一つない部屋だったが、こちらは少し和風で、反社会組織の事務所といった感じ。

手前には課員らが座るオフィス電話がのった事務机が六つほど並び、その奥には真っ黒でフカフカした高級ソファが置いてあった。

ここには「部長室」のような仕切りはなく一番奥にある両袖机に、責任者である「鹿児島課長」がイスの背もたれに背中をつけてふんぞり返っていた。

鹿児島課長も反社会組織のボスか？

そう思ったのは、紫のダブルスーツを着た鹿児島課長のヘアスタイルは、かなり細いアイロンで巻かれた、大阪名物パンチパーマだったからだ。

ダンディなチョイ悪おやじである山手部長が「マフィアのボス」なら、鹿児島課長はまるで「ヤクザの親分」だ。

一瞬、舎弟のような部下達が身構えるが、鹿児島課長が右手をあげて止める。

「こらこら、荷物を運んできてくれた大事なお客さんやねんから、変なことすなっ」

腰を浮かせていた部下らは、ゆっくりとイスに座り直したが、その目は鹿児島課長へ向かって近づいていく俺達を睨むようにして追っていた。

タッタッと中央を通り抜けた俺達は、鹿児島課長のデスク前に並ぶ。

左から飯田、俺、五能の順で立ち、足をガシンと鳴らして敬礼する。

「第七遊撃班。山手部長よりお預かりしたお荷物をお届けに参りました」

こんな風貌の鹿児島課長だが、答礼はさすがにビシッとやれる。

「おう、ご苦労やったな」

そこで壁に掛けられていた丸い時計を見つめて続ける。

「キッチリ8時半やないか」

「俺達第七遊撃班に与えられた任務は、絶対に完遂します！」

「ほぉ～偉い自信やないか」

フッと笑った俺は、右手に持っていたアタッシュケースをデスクの上に置き、クルリと回して鹿児島課長側にロックを向けながら、俺は自信を持って微笑む。

「第七遊撃班は鉄道公安隊員で最強のチームですから！」

残念ながらストライプスーツから受けた襲撃のせいで、新品同様で受け取ったアタッシュケースの表面は、月の表面のように凸凹になっていた。

「なんや、ケースがベコベコやないか～」

顔をしかめる鹿児島課長に、俺は頭を下げる。

「すいません。途中、この荷物を奪おうとする連中に襲われましたので……」

そんな話をしたら鹿児島課長は「えっ⁉」と声をあげるかと思ったが、まったく動揺することもなく、淡々とアタッシュケースを開く準備を始めた。

「まぁ、そういう奴もおるやろなぁ」

「鹿児島課長は、そんな連中がアタッシュケースを奪いに来ると分かっていたのですか？」

デスクの引き出しを開いた鹿児島課長は、中から小さな鍵を一つ取り出す。

それは事前に送られたアタッシュケースの鍵らしく、鹿児島課長はロックを左手で押さえながら、右手に持った鍵を鍵穴に入れてゆっくり回していく。

「まぁな」

ここまで苦労した俺としては、そう言われるのは少し気分が悪い。

座ったまま顔をあげた鹿児島課長は、作業を止めて俺達三人の顔を見上げる。

「この中の機密書類には、百億以上の価値があるさかいなぁ」

その情報には、三人で同時に驚いてしまう。

『百億⁉』

鹿児島課長は、淡々とロック解除作業を続ける。

「そりゃ～奪いたい奴も出てくるやろ」

「そんなことは任務を与える時に言ってください！」

俺が少し強い口調で言うと、鹿児島課長はきょとんとした顔をする。

「えぇ～山手部長から『この任務は危ないで』って聞かへんかったんかいな？」

「いいえ、まったく」

「ひや～さすが山手部長。相変わらずイケズやのぅ」

鹿児島課長はガハハと笑う。

「その書類……本当にそんな価値があるんですか？」

俺にはまだ信じられなかった。

「マジやで。但し、この機密情報をうまいこと扱ったら……やけどなぁ」

きっと、この事実をストライプスーツの男は知らないのだろう。

だから、三億程度で喜んで仕事をしているが、仕事を依頼した者からすれば、三億を払ったとしても九十七億の儲けが残る。

「……そういうことか」

俺にも襲われた原因が分かってきた。

そこでアタッシュケースのフタを固定していた二つのロックが、カチンと音をたてて鍵が外れる。

「さてぇ～こいつはどうかいなぁ」

こいつはどうか？

言葉の意味が分からなかった俺は、心の中で聞き返した。

鹿児島課長がアタッシュケースのフタを、ゆっくり九十度回転させながら開く。

中に入っていた封筒が見えてくると、鹿児島課長は「ほぉぉ～」と声をあげる。

「君らに『本命』を持たせるとは、さすが勝負強いなぁ、山手部長は」

飯田が首を傾げながら聞く。

「どういうことですか～？　私達のが『本命』って……」

鹿児島課長はアタッシュケースの中で、ビニールに包まれていた封筒を取り出す。

それを両手で持って俺達に見せた。

「これが本物の書類ってことや」

そう言われても意味が分からない。

「本物の書類？」

鹿児島課長はニヤリと笑う。

「その証拠に……ここにちゃんとプラスチック爆弾が仕掛けてあるやろ？」

「プッ、プラスチック爆弾⁉」

鹿児島課長が見せてくれたアタッシュケースの中には、茶色の紙に包まれた粘土のような物があり、そこから伸びた電線が小さな基板とロックへ向かって続いていた。

どう見ても普通の書類入れを運ぶアタッシュケースではない。

俺と飯田は体を後ろへ引いたが、物好きな五能はグッと体を伸ばして、アタッシュケースの中を覗き込みプラスチック爆弾をマジマジと見つめる。

「ほぉ〜これが本物のプラスチック爆弾。どうして、こんな仕掛けを？」

「無理矢理開かれた時は、アタッシュケースごと――」

そこで鹿児島課長は、握った右手をパッと開いて続ける。

「パーンと木端微塵になるように作られとるんや」

「そんなことをすれば、輸送している者にも被害が出ませんか？」

鹿児島課長は首を左右に振る。

「そんなもん、ロックがバールかなんかで無理矢理こじ開けられるような事態になっとんねんから、その時は『誰かに奪われた』ってこっちゃろ？」

ゾッとした俺の背中に、スッと冷や汗が流れる。

「確かに……そうかもしれませんね」

なんて危ないものを説明もなし持たせるんだ⁉　山手部長め。

これはイケズとかイケズじゃないっていう性格の問題じゃない。

このアタッシュケースを受け取る時、ロックに触ろうとした俺に対して怒ったのは、爆発する可能性があったからだ。

だったら、あの時、この機構について説明するべきだろ。

封筒を包んでいたビニールをカッターで切り裂きながら、鹿児島課長がゆっくりと説明を始める。

「今回の書類は『百億の価値がある』とは、さっき言った通りや」

そこで五能を見て鹿児島課長は続ける。

「そんなお宝を東京から大阪へ列車で運んだから、どうなる?」

「襲おうと考える奴が出てくるでしょう」

「せやろ～?」

「実際に我々も襲われましたので……」

鹿児島課長は手品の種明かしでもするように、少し意気揚々とした顔で話し出す。

「そこでやぁ～。わしらもアホやないさかい。國鉄本社からは、この書類を輸送するチームを全部で十個送り出したんや～」

「十チームですか?」

鹿児島課長は胸を張って頷く。

「残りの九チームは、いわゆる『ブラフ』って奴やな」

そこで、飯田はリデベロップメント部の狙いに気がつく。

「つまり～十チームの内、九チームは『ニセモノ』を運ぶダミーでぇ。一チームだけが『本物』の書類を運ぶ本命チームだったたってことですか～？」

「そういうこっちゃな。本物をどのチームが運ぶか決めてなかったけどなぁ。山手部長は直感で君ら『第七遊撃班』にしたってこっちゃな」

「なるほど～そういうことだったんですねぇ～」

そんな話を聞いていた俺は、少し「大ごとだな」と感じた。

確かに書類を奪おうとする連中には襲われたが、俺達から奪うことは出来なかった。

襲いかかってきた連中は、散々な目にあった上、結局、俺達は國鉄大阪鉄道管理局庁舎へ届けられたのだから。

「こんな書類一つ運ぶだけなら、十チームも作って送り出さなくても、実はよかったんじゃないですか？」

鹿児島課長が真面目な顔で答える。

「境、なにを言っている？　他の９チームは全てアタッシュケースを奪われたんやぞ」

それには俺達は『えっ⁉』と同時に驚いた。

鹿児島課長はビニールから茶色の封筒を取り出す。

「ダミーの9チームは全滅や。反社会組織の連中にことごとく捕まったんや。時間までに無事に國鉄大阪鉄道管理局庁舎までやって来られたのは、お前ら第七遊撃班だけや」

「そっ、そうだったん……ですね」

十チームの中で、辿り着いたのは俺達だけだと聞かされて少し驚いた。

反社会組織の連中も中々強力ということか……。

確かに俺達だって一つ間違っていたら、アタッシュケースを奪われていただろう。

「そんなお前らに『本命』を託すところが、山手部長のバクチ強さやちゅうてんねん。こりゃ～今回の賭けは、わしの負けちゅうことやなぁ」

ガハハハと鹿児島課長は豪快に笑った。

俺達だけが辿り着いたというポイントについては、単純に嬉しかったが……。

作戦の詳細についてなにも教えてもらえず、あげく賭けの材料になっていたのは、あまり気分がいいものではなかった。

俺は書類を指差しながら、少し不満気に鹿児島課長に聞く。

「それで、その書類はなんなんですか？」

鹿児島課長はフンッと鼻から息を抜く。

「こいつは機密書類や〜。せやから、そう簡単にはなぁ〜」

「やはり……そうですか」

俺が諦めかけると、鹿児島課長はイスの背もたれに背中をつける。

「まぁ、それでは必死に運んだお前らも、目覚めが悪いやろ」

いたずらっ子のような無邪気な顔になった鹿児島課長は、右手をクイクイと動かして俺達に「顔を近づけろ」と指示を出す。

俺達は上半身を折り曲げて、デスクに顔を近づけた。

そこで、鹿児島課長は本当に小さな声で囁く。

「……こいつは小海総裁が進めようとしとる、國鉄の膨大な土地の売買計画や」

顔を見合わせた俺達は『うっ』と声にならない声をあげた。

「もしかして〜都市部にある貨物ターミナルや車両基地の土地を売る気ですか〜？」

飯田に向かって鹿児島課長は頷く。

「そういうこっちゃ。これが『異次元レベルの改革の大きな柱の一つ』ってわけや」

スッと顔をあげた五能が両腕を組む。

「なるほど、どこの國鉄の土地が、どういう時期に売られるかが分かれば、不動産屋として大儲けすることが出来る」

「せやから、百億以上の価値があるって言うとんのや。特に今はバブル時代やぞ。ここに記された情報は、扱い方次第では何倍も何十倍にも膨らむからなぁ」

ニヒヒヒと鹿児島課長は、いやらしく笑った。

今回の事件の全貌が見えてきた俺は、落胆してハァとため息をつく。

「つまり……不動産屋が反社会組織の連中を手先に使って、國鉄の土地の売却予定が書かれた書類を奪わせようとした……そういうことですね」

「そういうこっちゃ」

鹿児島課長は俺達に詳細は見えないようにしながら、封筒の開口部を少しだけ広げて中身をパラパラとめくって簡単にチェックした。

「はい、ご苦労さん。確かに書類は受け取ったでぇ、第七遊撃班の境君」

そんなことのために命の危険にさらされていたかと思うと腹が立つが、そこは「長いものには巻かれろ」の國鉄職員。

ここで文句を叫ぶわけにもいかない。

俺が体を起こしたのを合図に、三人でガツンと靴を鳴らして敬礼する。

「では、第七遊撃班は、これで失礼させて頂きます!!」

鹿児島課長は適当な答礼で応える。

「昨日は徹夜やったろうから、ゆっくり大阪見物でもしていきや～」

俺達は皮肉を込めて大きな声で言った。

『ありがとうございますっ！』

三人で回れ右をして、俺達は大阪リデベロップメント課から廊下へ出た。

俺を真ん中にして五能が左を歩き、飯田は右を歩く。

エレベーターホールへ向かって歩きながら、俺は口を尖らせる。

「なんて任務だっ」

だが、五能はポーカーフェイスのままだった。

「実行が難しい任務を成功させたんだ。それでいいんじゃないか」

「それは……そうかもしれないが……」

こんな命令を受けていたら、命がいくつあっても足りない。

そんなことに部下である飯田や五能を巻き込むことが、俺は嫌だったのだ。

反対を向くと、飯田はニコニコ笑っている。

「まぁまぁ、楽しかったじゃないですか～今回のお仕事は～」

「楽しかった？」

飯田は右手を銃の形にして微笑む。

「さんざん銃を撃てたしぃ～、悪党も倒せましたから～」

それは五能も同感だったらしく、ライアットガンを肩に担いで「だな」と呟いた。

そんな二人の部下を見ながら、俺は「ったく」と微笑んだ。

そういや、今回の件で始末書は、いったいなん枚書けばいいんだ?

定時が始まった瞬間、俺のポケベルが鳴りまくるのは確実だった。

エレベーターホールでエレベーターを待っていたらドアが開いた。

ドアが開いた瞬間、飯田が「あっ」と声をあげる。

「どうしたの～江火野ちゃ～ん!?」

エレベーターから降りてきた江火野の服は、あちらこちらが裂けていてボロボロになっており、顔には黒いススがついていた。

「……爆発に巻き込まれたからよ」

とても地味な感じから表情は分かりにくかったが、どうも怒っているように見えた。

「えっ、爆発!?　もしかして、江火野ちゃん地下通路辺りにいたの?」

「いたくていたんじゃないわよっ」

江火野の肩は小刻みに揺れ、怒っているみたいだ。

そこで、俺は江火野のことを理解した。

「あっ！　もしかして、江火野もリデベロップメント部の書類輸送を頼まれたチームの一つだったのか？」

江火野は俺の顔をグッと睨む。

「そうですっ！　だけど、途中で捕まってしまって、あいつらに連れ回されていたんです。そうしてあなた達と戦っているうちに、突然爆発が起きて……」

飯田はアハハと笑いながら、右手で頭の後ろをかく。

「ゴメンねぇ～。でも、爆発させたのは、私達じゃないよぉ～」

江火野は間髪入れずに言い返す。

「ウソッ！」

そして、三人の顔をジロリと見てから続ける。

「グランドスラムのあんた達が、また絶対なにか変なことしたんでしょ！　そんなことくらい分かっているわ」

五能は黙っていたので、そこは俺が弁護してやろうと思った。

「いやいや、今回のことは本当に――」

だが、江火野は話を聞く耳を持たず「フンッ」と首を回して、大阪リデベロップメント課のある方へ向かって、革靴をカンカンと響かせながら歩いていく。

俺はそんな背中に向かって「あっ、あぁ……」と右手をあげるしか出来なかった。

「信じられない奴に、いくら丁寧に説明してもムダだ」

五能はそう言い捨てて、エレベーターに乗り込む。

「まぁ、しょうがないよねぇ〜」

飯田はまったく気にする様子もなく、笑いながらタタッと入る。

仕方なく俺も乗り込み、消えて行く江火野の背中を見送った。

AA07　それが俺達の第七遊撃班　場内停車

大阪のとある居酒屋で、私は境と飯田と吾妻部長でビールジョッキをぶつけ合った。

『かんぱーい‼』

國鉄大阪鉄道管理局庁舎で仮眠をとった私達は、夕方になって鹿児島課長に教えてもらった居酒屋で「第七遊撃班創設飲み会」を始めた。

そこへ大阪出張に来ていた國鉄改革戦略部の吾妻部長が「私もいいだろうか？」と声を掛けてきて顔を出すことになったのだ。

境は東京中央公安室で会ったことがあるらしいが、私と飯田は初対面だった。

さすがに鉄道公安隊の制服では飲めないので、全員、作業用ジャンパーを上に羽織っていて、スーツ姿だったのは吾妻部長だけだった。

ドライビールを口につけて少しだけ飲み込むと、疲れた体にグッと染みた。

私は口を離さずにグビグビとビールを喉へ流し込む。

一回でジョッキに入っていたビールのほとんどを飲み干すと、横に座る吾妻部長が微笑む。

「五能さん、いい飲みっぷりですね」

「ビールは健康ドリンクみたいなものだからな」

向かいに並んでいた境と飯田は、ギュと目を瞑って一緒に思いきり叫ぶ。

『くうううう、美味い！』

「庶民の國鉄職員は、この一杯のために生きているな」

ビールを四分の一くらい飲んだ境は、初仕事を無事に終えられて嬉しそうだった。

その横で飯田は空になったビールジョッキを高く掲げる。

「おかわりくださ～い」

そこで、私も空となったジョッキを上へあげた。

「では……私も一杯頼む」

近くにいた若い店員が飯田に向かって満面の笑みを浮かべながら反応する。

「生ビール二杯！ まごころを込めて～‼」

さすが飯田。普通の男子なら一撃だな。

目の前で境は目を見開いていた。

「おっ、お前ら……すごいな」

境に向かって飯田はフフッと笑う。

「ビールだったら、御迷惑をおかけしませんから～」

私はジロリと境を見る。

「第七遊撃班創設飲み会なのだから、ここは國鉄持ちなのだろう?」

境が「えっ⁉」と驚くと、吾妻部長がビールを少しだけ飲みながら言う。

「えぇ～今日はさらに第七遊撃班・初仕事成功記念なのですから、ここの支払いは気にせず遠慮なく飲んでください。是非、明日への英気を養いましょう」

「すっ、すみません……」

境だけが恐縮して吾妻部長に頭を下げていた。

あっという間に二杯目のビールジョッキがドンとテーブルに置かれ、さらに頼んでもいない焼き鳥の盛り合わせも一緒に置かれる。

「これは頼んでいませんけど～」

すると、金のネームプレートをつけていた若い女店長が、頬を赤くしながら私の顔を一度だけチラリと見て恥ずかしそうに呟く。

「こっ……これは私からのサービスです。是非、召し上がってください」

「さすが五能～。女子にはいつも大人気よねぇ～」

そう飯田に言われてしまったので、なんとなく私が礼を言う。

「すまない、店長。じっくり味合わせてもらう」

顔を真っ赤にした店長はエヘへと笑い、幸せそうな顔で厨房へ下がっていった。

そこで飯田と私の顔を交互に見た境は、小さなため息をつく。

「本当にすごいな……お前らは」

「なにがです～？」

「なにがだ？」

「色々なところがなっ」

優しく微笑んだ境は、残りのビールをグッと飲み干し「おかわりくださ～い」と叫んだ。

そこから約二時間。飯田を気にいった店員が次々に酒を運び、女店長がサービスで色々なおつまみを出してくれたので、第七遊撃班の三人は、かなりいい感じに酔っていた。

吾妻部長だけは飲む量をセーブしているか、それとも酒に強いのかは分からなかったが、笑顔を絶やさず、最初と変わらない雰囲気でマイペースに飲んでいた。

そんな中、境は泣きながらドンと机にジョッキを置く。

「いったい……誰が……裏切り者なんだ――‼」

境は泣き上戸か？

あふれ出た涙の分だけ、さらにビールを飲んでは泣いた。

そんな境を優しい眼差しを見つめながら吾妻部長が聞く。

「どういうことです？　裏切り者とは……」

「聞いてくださいよぉぉ～吾妻部長～」

　境は泣きながら吾妻部長に絡む。

「境班長、ちゃんと聞いていますよ」

　真っ赤にした顔で、境は両手を広げて見せる。

「だって、國鉄本社から大阪へ向かったチームは～、十もあったんですよ～十も」

「そうですね。それはお聞きしました、鹿児島課長から」

「その十チーム全てが、襲撃を受けたんですよ～～～」

　グゥゥゥとビールを飲み干した飯田はニコニコしている。

「どっかから情報が洩れていたのねぇ～アッハハハ」

　初めて一緒に飲んで分かったのだが、飯田は笑い上戸らしい。

「我々國鉄側全員の動きを把握出来るはずがありませんよね。いくら反社会組織の連中が優秀だとしても」

　そう呟く吾妻部長に、腕を組んだ私は真剣な目で話しかける。

「確かにそうだな。リデベロップメント部だって、今回の作戦には慎重だったはずだし、しっかりした情報統制も行っていたように感じた……。ということは、やはり國鉄内部にスパイが存在し、そいつが今回の輸送計画の全てを漏らした……ということか」

私が少し早口で言うと、前に座っていた飯田が私の顔を指差しながらゲラゲラ笑う。

「えぇ～五能はおしゃべり上戸なの～」

「何を言っている？　私は酒に強いから、いくら飲んでも変わらんのだ。今日は愉快だから多少は饒舌ににゃっとるかもしれんがな……ヒック」

顔を前へ伸ばして、境はずいと吾妻部長に迫る。

「ねぇ～変ですよねぇ～。全てのチームが補足されたなんて～」

「確かに……それは『内通者がいそう』ですね」

口元に少し丸めた右手をあてながら、吾妻部長は小さく頷いた。

再びビールを飲んだ飯田はニヤニヤ笑う。

「でも～そんな奴を見つけるのは～。ちょっと難しいんじゃな～い？」

それについては私も飯田と同じ意見だった。

「確かににゃ。今回の件にしてもそれが『誰から』など特定は難しいだろうし、今でも糸口さえ見えていない状態だからにゃ。スパイだってバレないように細心の注意を払っているだろうから、簡単には尻尾を掴ませてくれないだろうしな……ヒック」

飯田は「五能なんかニャ～ニャ～言ってる～」と大笑いした。

境は両手にグッと力を入れながらボロボロと涙を流す。

「いいですよ～。もうこれからの任務は『そうした奴がいる』ってことを前提に、任務遂行するようにしていきますか～」

言い終わると、オォォと声をあげた。

「戻ったら國鉄内部に対するスパイの調査を――」

私がそう言いかけた瞬間に、吾妻部長は爽やかに微笑んで私達に言う。

「そうそう、皆さん聞きました？　小海総裁の鉄道公安隊改革の目玉企画を」

境は泣き止み、飯田は笑い止み、私は瞬時に素面に戻って聞き返す。

『目玉企画？』

全員の顔をゆっくり見直した吾妻部長は、満を持して話し出す。

「警視庁みたいな『機動隊』を創設する予定なのです。実は鉄道公安隊にも……」

なっ、なんだと⁉

一発で酔いが覚めた私は立ち上がろうとして、机の下にガンと足をぶつけた。

「鉄道公安機動隊を創設するというのか⁉」

それは私が國鉄に入社以来、初めて心が躍らされた内容だった。

吾妻部長は嬉しそうな顔で「えぇ」と返事をしてから続ける。

「小海総裁は『いつか國鉄がテロの標的になる』と考えておられていて、鉄道公安隊には捜査や警備だけではなく、対テロリスト訓練を行う組織が必要だと……」

両手をドンとテーブルに置いた私は、まだ見えない遠くを見つめる。

「対テロリストを想定した鉄道公安機動隊……鉄道公安機動隊か……」

「おぉ〜い、五能〜。しっかりして〜」

飯田は目の前で右手を振って見せたが、私は完全にうわの空で気がつかなかった。

泣きが収まっていた境は、フッと笑って飯田を見る。

「國鉄がテロに標的になるとは……。相変わらず小海総裁は変なことを言い出すな」

「そっかなぁ？」

「今回みたいに反社会組織の連中と戦うようなことはあるとは思う。だけど、國鉄は政治的象徴ではないんだぞ。駅を爆破してなにを主張するんだ？」

「そうかもしれませんねぇ。駅とか列車を爆破して『腐敗した政治家をなくせ〜』とは言いにくいですもんねぇ」

なにをお前らは言っている！

境がビールを飲みながら「だろ〜」と言った瞬間、私はテーブルをドンと叩いた。

「いや、そんなことない」

「どういう意味だよ？　五能」

境に聞かれた私は、なぜかそこでニヤリと笑ってしまった。

「いずれ現れるさ……。國鉄にテロを仕掛けてくる連中がな」

吾妻部長は私に向かって微笑む。

「本当に起こるでしょうか？　そんなことが……」

「まだそいつらの主張は分からない。だが、現れる……絶対に」

「まるで予言者ですね、五能さんは」

そんな話で境も酔いが覚めてきたらしく、首の後ろに両手を組む。

「國鉄がテロの対象にか……。そうならない方がいいけどなぁ。俺は……」

そこで、少しトロンとした目になった飯田は、境に向かってペコリと頭を下げる。

「そう言えば～ごめんなさ～い」

「なっ、なんだよ、いきなり」

突然飯田が謝ってきたので、境は驚いていた。

「きっと、たくさんの始末書を書くことになるから～。境君には申し訳ないなぁ～って思ってさぁ～」

それについては私の責任でもある。だから、私もテーブル越しに頭を下げた。

「そうだ。すまない……境。着任早々迷惑をかける」

「さすがグランドスラムの名に恥じない初仕事になりましたからね……」

と言いながら、吾妻部長はフンフンとうなずいた。

顔が赤くなっている境は、フッと鼻で笑って胸を張った。

「そんなこと気にするなっ。俺達は誰に恥じることもしていない」

私と飯田は同時に『えっ』と戸惑った。

「それに……始末書を書くのは、責任者の仕事だからな」

ビールを飲みながら境はアッハハと笑った。

飯田と私が戸惑ったのは、今までの上司はそんなことを絶対に言うことはなかったからだ。

「でも〜始末書でちゃんと書いても〜。上層部は江火野みたいに、私達の言うことを信じてくれないかもしれないよ〜」

飯田の主張に私も続ける。

「こちらがいくら『現行犯で窃盗を確認した』と言っても、面倒を嫌う連中は『証拠不十分』とかで不起訴処分にしたりするしな」

私は「これが國鉄のためになる」と現場で頑張ってきたが、実際には正義に従って働けば上司は迷惑に感じることが多かった。

事なかれ主義の彼らには「駅で事件発生」と記載するよりも、「異常なし」と報告書に書き続ける方が出世に繋がるのだから。

顔を見合わせた私と飯田は、小さなため息をついて両肩を上下させて微笑んだ。

そう、私と飯田は……信じてもらえないことが多かったのだ。

境は真面目な顔で、私と飯田を見つめる。

「今回は一緒に仕事をしてよく分かった。お前らは國鉄を守るために命を賭けて努力している。少し荒っぽいところもあるが、もし、飯田や五能がいてくれなかったら、俺はこうして気楽にビールなど飲んでいられなかったのだからな」

境は微笑んで胸を張った。

「俺は第七遊撃班の責任者だ！　責任者は責任をとるためにいる！」

その言葉は私の心の奥底で諦めていたなにかを一撃で打ち砕いた。

ドクンと心臓が高鳴り、鼓動が早くなっていく。

境とならやれるかもしれない……。

その日、私はそう思ったのだ。

飯田が穏やかな顔で笑う。

「私、第七遊撃班なら、しばらくいられそうな気がしてきた～」

飯田が穏やかな顔で笑った。私は目を瞑ってコクリと頷く。

「そうだな」

そんな私達を吾妻部長は、微笑ましく見つめていた。

「そう言えば……『グランドスラム』という言葉には、『優勝して世界を自分のものとする』って意味もありますよね」

「……吾妻部長」

「もしこれからの國鉄が、事件が頻発する世界となるなら……。皆さんみたいな人たちが『この世界を自分のものとする』人なのかもしれませんね」

うなずいた境が空のビールジョッキを掲げると、私と飯田も同時に手を伸ばす。

こういうところだけは、すでに息はピッタリだった。

『おかわり―――‼』

店の奥で「生ビール三杯！　まごころを込めて～‼」と叫んだ店長は、また、頼んでもいない刺身の盛り合わせを抱えて走って来る。

次第に暗くなっていく大阪の街を見ながら、私は次の任務へ向けて心を躍らせつつあった。

（終わり）

あとがき

もしかすると、初めましての方もおられると思いますが『ＲＡＩＬ　ＷＡＲＳ！』を書いております、豊田巧と申します。

実業之日本社様から新たなシリーズを出させていただくことになりました。

本当にいつも細やかな御対応を頂いております実業之日本社様に感謝させて頂きます。

また、今回のシリーズでは新たな飯田＆五能のデザインを描いて、素晴らしい表紙を始め、口絵、挿絵を描いていただきましたｄａｉｔｏ先生に改めましてお礼申し上げます。

そして、相変わらず酷い原稿を編集、デザイン頂いたスタッフの皆様、ならびに書店のスタッフの方々に心から感謝させて頂きます。本当にありがとうございました。

さて……。

この『ＲＡＩＬ　ＷＡＲＳ！』は、史実では１９８７年（昭和62年）４月１日に分割民営化された日本国有鉄道が、そうならなかった世界です。

ですので、国鉄時代のままで良いこともありますし、悪いこともある。そんな心躍り胸膨らむファンタジーワールドです。そして、今回取り扱っている世界は１９８５年から１９９１年の間だった……といわれている「バブル期」です。

おもしろいことにバブル期は国鉄の分割民営化のタイミングを、ちょうど挟んでいるのです。

これはネットに漂う都市伝説の一つですが……。

今の中国くらいの勢いで成長を続け、当時経済大国一位だったアメリカに追いつき追い越す可能性の出てきた日本に対して「もっともダメージを与える方法はなにか？」ということが、アメリカのシンクタンクで検討され、その答えの一つが「国鉄の分割民営化」だったとか。

狙いの一つは鉄道を破壊して廃線が多くなれば、アメリカ車が売れると思っていたようで、日本の鉄道に関することなのに、アメリカのレーガンは日本政府に強く指示しています。

実際、色々な原因は重なりますが、国鉄の分割民営化を境に日本経済は崩壊、あっという間に経済大国から滑り落ちました。私も各地に取材に行きますが、本当に昔は地方に人がいて賑やかな町がたくさんあったのに、今では廃墟ばかりで見る影もありません。

やはり、採算度外視で血管のように日本の隅々まで鉄道があるということは、国力に大きな違いがあるのではないでしょうか？

ちなみに私は「今は会社でお荷物」と噂のバリバリのバブル入社組でして、おいしい目には合えませんでしたが、その当時の雰囲気を味わうことができました。

今となっては「そんなこと本当にあったんですか？」みたいなバブル期は、もしかすると、若い子から見れば異世界であり、ファンタジーワールドなのではないかと、今回の舞台に選んでみました。また、今まで応援し続けてくださった皆さんには、きっと「おぉ～そういうことか」と微笑んで頂けるネタを挟みつつ、最終的には「警四が生きた世界が、どうして生まれたのか？」ということを、勢いよくバブルに描きたいと思います。

では……新たな列車に、ご乗車頂きましてありがとうございました。

こうしてこの世界を描けるのは、読んでくださる皆様のおかげです。

ですので、やはり最後はこのセリフをお送りしたいと思います。

Special Thanks ALL STAFF and **YOU!**

次の列車へのご乗車を心からお待ち申し上げております。

終電が早くなる時代が来るとは……

二〇二一　一月　豊田巧

Jノベルライト文庫

RAIL《レール》 WARS《ウォーズ》! A《エース》 ①
東京駅《とうきょうえき》は燃《も》えているか！

2021年3月20日　初版第1刷発行

著者　豊田《とよだ》 巧《たくみ》
イラスト　daito《だいと》

発行者　岩野裕一
発行所　株式会社実業之日本社
〒107-0062 東京都港区南青山 5-4-30
CoSTUME NATIONAL Aoyama Complex 2F
電話：03-6809-0473（編集部）
03-6809-0495（販売部）

企画・編集
印刷・製本　株式会社エス・アイ・ピー

実業之日本社ホームページ　https://www.j-n.co.jp/

ISBN978-4-408-55650-5（第二文芸）